スピン

Spin

Yusuke Yamada

Non-stop suspense

1. 水戸→東京 01

一月一日。午前十一時三十分。

新たな年が始まった。

この日、人々は特別な気分に浸り、初日の出を拝んだり初詣《はつもうで》に出向く。そこで一年間の願いを込める。

正月を一番待ち望んでいたのは子供たちであろう。祖父や祖母、親戚《しんせき》や両親からお年玉を貰《もら》い、隠れて袋の中身を確認する。そのお金でオモチャやゲームを買いに行く。デパートやショッピングモールは子供たちの歓喜の声に包まれる。

そんな想い出が自分にもあった。今は、正月だろうが関係ないが。

突然、机がバンと鳴り響いた。その途端、奥野修一《おくのしゆういち》の視線は、福袋を買い求める客の様子を映すテレビ画面から目の前に座っている店長に移った。

「聞いてるのか！」

店長は被《かぶ》っている帽子を床に投げつけ、テレビの電源を切った。相当ご立腹の様子だ。

狭い従業員控え室に、重苦しい空気が漂う。修一は立たされたまま気まずそうに、頭をボリボリと掻《か》く。

「何度言ったら分かるんだお前は！」

お前、と呼ばれ修一はムッとする。

「別に」

ふて腐れた修一の態度に、店長の怒りが爆発した。

「もういい！　やる気がないなら辞めてもらって結構！　違うバイトを雇った方が全然マシだ！」

突然のクビ宣告に、修一は納得いかない表情を浮かべた。

「はあ？　そりゃないっしょ。たかが寝坊っすよ寝坊。別にいいじゃないっすか！」

店長は聞こえないというように手を軽く振った。

「言い訳は聞き飽きた。さあ出た出た。私も色々と忙しいんでね。君につき合っている暇はない」

ここまで言われて居座るつもりはない。修一は店長を見下ろし、

「ああそうかい。じゃあ辞めてやんよ」

と吐き捨て、控え室を出た。どうにも腹の虫が治まらなかったので、扉を閉める際、思い切り蹴《け》飛《と》ばしてやる。

「クソ野郎！」

叫び声は廊下に響き渡った。振り返ると、バイトの女の子が驚いた顔をしてこちらを見

ていた。修一は、

「なあなあ育美《いくみ》ちゃん、聞いてくれよ」

と哀れっぽい顔で歩み寄る。だが、育美は逃げるようにしてその場から去っていった。

「どうせ俺が悪者なんだろ……どいつもこいつも」

こんなつまんねえ店、と呟《つぶや》き、『スーパーオオタニ』を出たのだった。

凍えそうなほど寒いというのに、日差しは眩《まぶ》しい。大きなあくびをした修一は、ジーンズのポケットに手を突っ込み、フラリと歩き出した。

強い風が吹くと、針で突き刺されたような痛みが顔に走る。

「てゆうか、寒《さ》み～」

正月とあって、ほとんど車は走っていない。後ろから抜いていったのは、赤いバイクに乗った郵便局員。年賀状配達のためだろう市道を走り去っていく。

また、仕事を辞めさせられた。高校を卒業してからこれで四度目。原因は遅刻、態度の悪さ。近頃、何をやっても続けられない。いや、昔からそうだったか。

所詮《しょせん》はバイト。そんな深く考えることもないが、また金欠生活が始まるかと思うと、さすがにため息が出てしまう。また親の財布から取ればいいか。多少、気はとがめるが、その金でスロットやって稼げば何ヶ月かは凌《しの》げるだろう。

「まあ何とかなるさ」

能天気な修一は自宅への道を歩いてゆく。

今年で十九歳になる。数少ない友人はほとんどが大学生。修一ひとりがフラフラしている状態だった。

修一は今まで一度も夢を描いたことがない。目標というものがなかった。何もかもが面倒くさいのだ。どうせ頑張ったって無駄。パッとしない生活を送り、六十歳くらいで死ぬのがオチ。そんな程度の人生だろう。別に何の期待もしていない。

小さい頃から特技があったわけでもないし、才能だってない。どこにでもいるような一般人。顔だって普通レベルだ。自慢できるのは、ゲーセンの格闘ゲームが上手《うま》いことと、髪がいつだって綺麗《きれい》なストレートだといったところか。当然、誰からも褒められはしないが。

こんな生活がいいとは思っていない。なのに親は早く定職に就けと言う。一人っ子のせいか、何かにつけていつもうるさかった。

それがいけないのだ。やれと言われたら誰だってやりたくなくなるだろう。

今は運が悪いだけ。そのうち良いことがある。待っていればいいのだ。自分から動いたって失敗する。毎回そうなのだ……。

ふと、コンビニの看板が目に留まった。

「腹減ったな」

朝から何も口にしていなかった。適当な物を買っていこうと、自動ドアをくぐり中に入る。

「いらっしゃいませ」

同い歳くらいの男の店員がレジに立っていた。黒縁の分厚いメガネが真面目そうな雰囲気をかもし出している。なぜか、その店員と目が合った。喧嘩《けんか》は弱いが睨《にら》み合いなら負けねえ。こちらからは絶対にそらさない。

使えなさそうな奴、と修一は心の中で見下し、店内を回る。客は、自分一人だった。

今日の昼は何を食おうか。

安物でいいだろうと、おにぎりを手に取った。136円。

修一は、小さなおにぎりをしばらく見つめる。

バイトをクビになり、イライラしていたのだ。そこでつい悪い癖が出てしまったのだろう。おにぎりを持つ右手は、白いダウンジャケットのポケットにすっと吸い込まれていった。

言い訳ではない。本当に無意識だった。おにぎりくらい金額的に問題ないじゃないか。

ハッとした修一は、周囲を見渡す。店員は、見ていない。

久々に味わう緊張感。心臓が張り裂けそうだ。どうせバレていないし、このまま外に出てやろうか。あの店員、気にくわないし。

万引きは慣れていた。中学の時はプロとまで言われていたほどだ。さすがに高校に入って引退したはずなのだが。逃げられるかどうか。ある意味挑戦であった。

修一は、何気ない顔で店から一歩外に出た。オドオドすることなく、国道沿いを歩いていく。

「馬鹿な奴」

と鼻で笑い、振り返る。すると、エプロンをしたままの店員が、跡をつけてきていた。驚いた修一は、その場から一気にダッシュした。それに合わせて店員も走り出す。呼び止める声もない。まるで機械のように猛然と追いかけてくる。それでも負けるはずがないと逃げ続けたのだが、距離は徐々に縮まっている。意外に相手が速いのだ。マズイと思い、修一はポケットからおにぎりを取りだし、投げ捨てた。

これで無罪だ。もう追いかけてはこないだろう。

だが、店員は走るのを止めなかった。未《ま》だ追いかけてくるのだ。

「何なんだよ!」

修一のスタミナも限界に達していた。これ以上走れないと諦《あきら》めたその時、背中に強い衝撃を受けた。

「痛《い》て!」

振り向くと、白いダウンジャケットが黄色く染まっている。ペンキのような液体がベッタリと染みついているのだ。

「何だよこれ！」

つい足を止めてしまった修一は、両腕で羽交い締めにされた。

「は、放せよ！」

店員は耳元でこう呟く。

「店に戻れ」

これだけ走ったのに相手は少しも息が切れていない。

「ふざけんな！　返しただろ！　それに洋服汚れちまったじゃねえか！　高かったんだぞこれ！」

修一の叫び声が周囲に響く。若いカップルや中年の女性が足を止めこちらに注目している。

「いいから来い」

あまりのしつこさに、修一は思わず力を入れてしまった。

「いいから放せ！」

腕を振りほどかれ、突き飛ばされた店員はバランスを崩し、地面に強く叩《たた》きつけられた。

「馬鹿が」

今のうちに逃げよう。

だが走れるだけの体力は残っていなかった。前方に向き直った修一の目に、バスターミナルが映る。いつの間にか駅まで来てしまったようだ。

修一は、店員を振り返る。頭を抱えながら、起きあがろうとしている。

この様子だときっとまた追いかけてくると思い、修一は停まっているオレンジ色のバスに急いだ。

行き先表示も見ないまま、バスに勢いよく乗り込んだ修一は、運転手の横で立ち止まった。一瞬にして車内が静まり返る。全員の視線がこちらに集中しているのだ。客は……十一人。男はスーツ、女の方は振り袖《ふりそで》を着た若いカップル。黒いロングコートが似合うオールバックの中年男性。リュックを背負った小さな男の子。Pコートを羽織った女性。紙袋を膝《ひざ》の上に置き、シワシワのジャンパーを着た中学生らしき男の子。あとの五人は友人同士か、全員高校生くらいの女の子——一番後ろの席に固まっている。

「あ……やべえ」

修一はできるだけさり気なくダウンジャケットを脱いだ。

まるで犯罪者のようではないか。確かに近いことはしたのだが、おにぎりはもう返した。決して凶悪犯などではない。まさかそう見られているのだろうか。

車内に、妙な空気が流れる。だが、今更下りる訳にもいかなかった。次のバス停で下りようと、修一は俯《うつむ》いたまま一番前のオレンジ色の席に座った。紺色の制服に、赤と白のストライプネクタイを締めた運転手がそれを確認し、扉を閉める。バスは、ゆっくりと動き出した。

ターミナルを抜けたバスは、ガタガタと揺れながら国道51号線を走る。窓からはホテルや高校、病院などが見える。振り返ると、既に水戸駅は小さくなっていた。

依然、車内は無言のまま。

しばらくすると、後ろから女の子たちのヒソヒソ声が聞こえてきた。自分のことに決まっていた。だが振り向くことはしなかった。修一はじっと耐える。

「バイトはクビだし、万引きで捕まりそうになるし、正月からとことんツイてねえな」

と愚痴をこぼし、もう少しの辛抱だと自分に言い聞かせる。

長く続いた51号線を抜け、車内に次のバス停のアナウンスが流れたのは出発してから約十分後のことだった。修一は即座にボタンを押し、運転手に合図する。バスが停まる前に立ち上がっていた。

が、その時である。背後から、怒鳴り声が響いた。

「そこのお前、動くな！」

修一は、ポケットの中で小銭を探る手を、ピタリと止めた。振り返ると、真ん中の席に座っていた中学生らしき少年が立ち上がっていた。

2．沼田→東京　01

群馬県沼田市薄根町《ぬまたしうすねまち》。

新藤直巳《しんどうなおみ》は、利根川《とね》に架けられた地蔵橋周辺の『池田』バス停で、一人静かに時を待っていた。

白い息が舞う。ダッフルコートのポケットに手を入れ、暖める。

リュックを背負い直し、メガネを上に持ちあげる。風が吹くたび、髪の毛を整える。この仕草は小学生の頃からの癖だ。

山から聞こえる鳥の鳴き声。大空を飛び回れて羨《うらや》ましい。でも自分も今日、大きく羽ばたく。

地元である沼田市を選んで良かった。選択肢に、まさかこの地が入るとは幸運だった。

とうとうこの日がやって来たのだ。時間が近づくにつれ緊張感が増しているが、自分は必ず実行する。家庭や学校、そして世間への復讐《ふくしゅう》だ。もちろん、大事なことも忘れてはいない。数少ない仲間のためでもある。

この十五年間、直巳は誰からも相手にされず育ってきた。目つきが悪く、無口で、昆虫採集が趣味。クラスで班を作る時はいつも余りモノ。担任の説得で仕方なく数の少ないグループに入れられる感じだった。

家族もそうだ。口には出さないが、自分を邪魔者扱いしている。妹の方がかわいいのだ。その態度は明らかだ。リビングからはいつも楽しそうな声が聞こえてくるのに……。

直巳はずっと独りぼっちだった。唯一の友達は昆虫。だが、孤独すぎる生活が直巳の心を少しずつ破壊していった。一年前から引きこもりになり登校拒否。ご飯は部屋の前に置くよう命令し、ちょっとでも機嫌が悪くなれば母親に手を出すようになっていた。

朝、昼、晩、殺人ゲームに熱中し、いつしか化学式を勉強するようになっていた。自慢の毒薬を昆虫に吸わせ、殺す快感をおぼえた。

そんな生活を繰り返し、全てに飽き飽きしていた頃、ネットをいじり始めた。そこで、気の合う仲間を見つけたのだ。

この半年間、直巳はパソコンの中で生活していたと言ってもいい。こんなにも充実した日々は初めてだった。早く彼らに会ってみたいし、何より計画を成功させたい。

十一時五十九分。直巳の心臓がドキリと波打った。顔を上げると、『沼田駅』と電光掲示板に表示された白いバスがゆっくりとやって来た。車体には地元の銘菓である『皐《さつき》まんじゅう』の広告。周りには、おまんじゅうから手足が伸びている奇妙なキャラクターがいくつも描かれている。

ジワリと手に汗が滲《にじ》む。直巳は平静を装い、一歩前に出た。バスは、徐々に速度を緩め目の前に停車した。プシューという音とともにドアが開く。

直巳は一瞬、躊躇《ちゅうちょ》したものの、帽子を被《かぶ》った制服姿の運転手と目が合い、押されるようにして車内に乗り込む。乗客は七人。鋭い視線を向ける。男性三人に、女性が三人。もう一人は幼い女の子。乗客をチェックし、運転手の真後ろに座る。出発する際、白い吊革《つりかわ》が大きく揺れた。

これから地獄が始まろうとは、誰も予測していないだろう。その証拠に、後ろから微《かす》かな笑い声もする。

次に停車するのは約三分後。それまでに実行するんだ……。

バスは、林に囲まれてひっそりとした細道を通っていく。

あと、二分。直巳は落ち着かない様子であたりをキョロキョロとしだす。腕時計と睨《にら》めっこ。残り一分を切ると、身体が急に震えだした。慌ててリュックを前に抱え込むと、中から刃渡り二十センチの出刃包丁を取りだす。

刃に太陽の光が反射し、直巳の顔を不気味に照らす。これは自分の宝物。艶《つや》といい形といい最高の代物だ。

凶器はもう一つ。ネットを見て作った爆弾だ。

一般的なものよりも一まわりほど小さい消火器の中に、黒色火薬などを詰め込んだものだ。見栄えをよくするために本体の表面を真っ黒く塗り、スペシャル仕様にして完成させた。起爆装置のピンを抜けば、バスなんて簡単に吹っ飛ぶ。爆発した時の映像が目に浮かぶようだ。

ニヤリと微笑んだ直巳の表情が、冷酷なものへと変わった。

「静かにしてください……」

直巳は、ボソリと呟《つぶや》いた。しかし、周囲には届かない。

「静かにしてください」

未《ま》だ、ざわつきは収まらない。自分の言うとおりにならないことに腹を立てた直巳は、

座席から勢いよく立ち上がった。

「静かにしてください！」

大声を張り上げると、全乗客が唖然《あぜん》とした表情をこちらに向けた。直巳は、鋭く光る出

刃包丁を天井に向けかかげた。

「このバスは……」

喉《のど》に詰まってうまく喋《しゃべ》れない。

「こ、このバスは、僕が支配しました」

その直後、車内に次の停留所を告げるアナウンスが流れた。しかし、誰も動くことはで

きなかった。

新藤直巳が計画を実行するちょうど二分前。新藤雄三《ゆうぞう》、幸子《ゆきこ》、絵美《えみ》の三人は、荷物を手にしながら『池田』バス停に急いでいた。しかし、十二時発の沼田駅行きはとっくに出発してしまったのではないか。

ようやくバス停に着いた雄三は息を切らしながら、腕時計と時刻表を見比べる。少しは遅れがあるのではないかと期待したが、バスが来る気配はない。正月なので道はガラガラなのだろう。

「やっぱりもう行ってしまったよ！」

雄三はボサボサに乱れた薄い髪の毛を直す。厚化粧の幸子が隣で文句を言った。

「次の待てばいいじゃないの」

その言葉に雄三は腹を立てる。

「遅れた原因はお前なんだぞ！　髪のセットに何分かけてんだ」

「仕方ないじゃないのよ」

「あと二十分も待たなきゃならないじゃないか」

「もう男のくせにうるさいわね」

幸子は、中学一年の絵美にわざとらしく言い聞かせた。

「絵美、お父さんみたいな男と絶対に結婚しちゃ駄目よ」

絵美は、サラリとこう返した。

「当たり前じゃん」

雄三は、その言葉にすっかり落ち込んでしまった。可愛がっている娘にまでそう言われるとは……。

「やっぱり直巳は来ないのか」

「声はかけたけど、出てこないのよ。居なかったのかしら」

絵美がすかさず割り込む。

「またパソコンでもやってんじゃないの？」

「そんな様子でもなかったわよ」

雄三は眉間《みけん》に皺《しわ》を寄せ、腕を組んだ。

「今日ぐらいは出てきてもいいだろう。親戚《しんせき》が集まるんだ」

この日、雄三の実家に四人で向かう予定だった。だが、直巳の姿はない。もうしばらくの間、直巳は家族と口を利いていない。ずっと部屋に閉じこもりっぱなしだ。正直、雄三もどうしたらいいのか分からない状態だった。いつからこんなことになってしまったのか。もう、手遅れなのか。直巳の将来が不安でならない。

「放っておけばいいのよ」

実の妹なのに絵美は冷たいことを言う。しかし、雄三も今更意見する気はなかった。

「お前が甘やかしすぎるから直巳はああなってしまったんだ」

雄三は、幸子に怒りをぶつけるしかなかった。

「何言ってるの。あなただって仕事ばかりで直巳のこと全然構ってなかったじゃないのよ」

言い争って解決するはずもなく、二人は黙り込む。新藤家の三人は、自然が広がる田舎道にポツリと突っ立っているしかなかった。

三人とも未だ知る由《よし》もない。十二時発のバスに直巳が乗り込み、バスジャックを実行したことなど……。

3. 銚子→東京 01

千葉県銚子市《ちょうし》。

長い長い銚子大橋を渡ったバスは、自宅のある旭市《あさひ》に向かっていた。国道126号線はいつも以上に空《す》いており、バスは快調に走っていく。窓からの日差しが暖かく、今すぐにでも眠りに入れる状態なのだが、隣に座る桜木亜弥《さくらぎあや》がそれを許してはくれなかった。

「ねえねえねえ、どうしてそんな疲れた顔するのよ」

尾道陸《おのみちりく》は亜弥に腕を引っ張られ、気づかれないようにため息を吐いた。

「疲れてるからに決まってるだろ。初日の出を見に行って初詣《はつもうで》にも行って、こっちはもうくたくただよ」

そう言うと、亜弥はすぐにふてくされた顔をする。

「じゃあつまんなかったの？」

「そんなこと言ってないだろ」

と強い口調で返すと、亜弥は不満そうにそっぽを向いてしまった。

「おい……亜弥」

どうして自分が機嫌を取らなければならないのだ。気づけば二年間も、この繰り返し。近頃、彼女のこの性格に疲れてきているのは確かだった。

「もう、陸の家にも行かない」

とにかく早く寝たい陸にとって、そう言ってもらえるとむしろ助かるのだが、

「そんなこと言うなよ。来ていいから。な？」

と説得してしまっている。性格上、どうしても突き放すことができないのだ。

「昨日の夜に録《と》った格闘技のビデオ、一緒に観るって言ってたじゃん」

情けない声を出しながら顔を覗《のぞ》くと、亜弥はいつもの笑みを見せた。

「じゃあ行く」

「え～」

何なんだコイツは、と陸は頬杖《ほおづえ》をついて窓からの景色をボーッと眺めた。

この子と結婚したらきっと大変な生活が待っているのだろう。今から苦労している自分を想像してしまう。

尾道陸と桜木亜弥は、高校三年の時からつき合い始めて、現在は同じ大学に通っている。サッカー部のマネージャーをしていた亜弥が、バスケ部の陸に告白して交際が始まったのだ。一度も同じクラスになったことはないが、告白前から陸も亜弥に好意は持っていた。艶々《つやつや》した薄茶色の髪と、デザインメガネが大人っぽく、しかし素顔は幼い美少女といったアンバランスさがドキリとさせる。それは陸だけではなく、多くの男子生徒からも支持されていた。その彼女が自分に好意を抱いていたことが分かり、陸は意外であった。

高校までバスケ一筋だった陸は、お洒落《しゃれ》にも気をつかわないし、女子ともつき合ったことがなかった。彼女のような子は、もっと遊んでいるような奴が好みだと思っていた。だからといって、断るのはあまりにもったいなかったので、つき合ってみることにした。内心、長く続かないと予測していたのだが、もう二年の時が過ぎ去ったというわけだ。

気がつけば、陸はすっかり彼女の『色』に染まっていた。

髪はショートからロング。ファッションもジャージからきれい目のカジュアルに。それだけで随分あか抜けたのではないか。だからといっていいのか分からないが、この二年間で三人もの女性に告白された。もちろん、全て断った。最近でこそ亜弥に疲れを感じているが、別れられなくなっているのだ。ここまで真剣に人を好きになったのは初めてだった。

陸の瞳《ひとみ》に見慣れた景色が広がった。自宅まであと十五分もかからないだろう。

「ねえねえ、中村《なかむら》とシンバ、どっちが勝ったかな」

亜弥は、昨夜行われた格闘技大会の結果が気になるようだ。

「多分、中村だろ」

「そう？　シンバだって」

「いや……」

絶対に中村だ、と言おうとしたその時だった。陸は、どこからか聞こえてくるカタカタカタという音に耳を澄ました。

なんだこの音は？

どうやら前の座席からだと判明し、陸は少し立ち上がって前を覗いた。

「ちょっとやめなよ」

亜弥に服を引っ張られるが、陸は手を振りほどいていた。

座っているのは中学生くらいの小さな男の子。フードのついたジャンパーにピッチリとしたジーンズ。メガネをかけたおかっぱ頭。顔は見えないが、かなり真面目そうな雰囲気で、学校ではいつも一人で本を読んでいるような子だ。その彼がノートパソコンをいじっているのだが、陸は彼が書いた妙な文を見てしまった。

『みんな！　僕は千葉に着いたよ！　そしてバスに乗った！　これから実行するぞ！』

男の子はキーボードを弾《はじ》き、送信。

何だ？　と首を傾げた、その直後だった。陸は、彼が鞄《かばん》から取りだした物にハッとなった。

銀色に光る、バタフライナイフ。

折りたたまれている刃が、表を向いた。

陸は息をのみ、座席に座り直した。

「どうしたの？」

慌てている陸に亜弥がそう尋ねたその時だ。ナイフを手にした男の子が立ち上がってこちらを振り返ると、全乗客に向かってこう叫んだ。

「静かにしろ！　全員手を上げろ！」

甲高い声が、車内に響き渡った。二人は呆然《ぼうぜん》と、刃先を見つめる。

陸の脳裏に、ある言葉が過《よぎ》った。

バスジャック……。

4. 那須→東京　01

栃木県那須《なす》郡那須町。

那須塩原《しおばら》行きのバスは、東北自動車道沿いをひたすら走っていく。錆《さ》びかかった赤に白の車体は年代が古く、ガタガタと揺れが激しい。

途中のバス停には人もおらず、下りる乗客もいないので、この調子だと予定よりも早く終点に着くことになる。都会とは違い渋滞もなく、時間の大きなズレはそうないのだが、正月とあってこの日は特に到着が早まりそうだ。

グレーのジャケットに、緑色の少し緩んだネクタイをした神木《かみき》耕助《こうすけ》は、両手でしっかりとハンドルを握り、ゆっくりと左に切る。アナウンスがかかっても、ボタンを押す乗客はいない。ただ、真上に設置されている料金掲示板が動くだけだ。

やはりバス停には、人がいない。耕助はそのまま通過していった。

バックミラーを見ると、数少ない乗客が確認できる。現在、僅《わず》か五人。体格の良い男性と、その妻だろうか隣に中年の女性。七十歳前後の老人は一番後ろに座っている。大学生らしき青年は本を読んでおり、中学生か高校生かハッキリとは分からないが、寝癖ヘアーの少年はバッグの中身をゴソゴソといじっている。

帽子の鍔《つば》を持ち位置を直した耕助は川を眺めながら深いため息を吐いた。

元日からどうして仕事をしなくてはならないのだ。正月くらい休ませてくれ。

会社に休暇願いは出したのだが、強引にシフトを組まれてしまった。会社の中では一番若い運転手だからだ。

今年で三十歳になるのだが、新人が入ってもすぐに辞めていってしまうので、いつまで経っても下っ端だ。給料だってなかなか上がらない。今年の五月には子供が産まれるっていうのにこのままでは先が思いやられる。家族が一人増えて、やっていけるのだろうか。ただでさえ小遣いが少ないというのに、更に下げられたらたまったもんじゃない。酒も止めて、まさか禁煙まで……。

その二つの楽しみまで奪われたら、おかしくなってしまうだろう。

そんなことばかりに気を取られていた耕助は、赤信号に気づかず急ブレーキをかけた。自らも前のめりになる。バックミラーを確認すると、乗客が驚いた様子でこちらを見ている。耕助は、

「失礼しました」

とマイクを使い詫《わ》びる。

「全くどうなってんだ俺の人生は……」

ついつい口に出して言ってしまった。青い光が視界に入り、耕助はアクセルを踏む。

バス会社に勤務して今年で四年目。バスの運転手になるのが昔からの夢だった。父親がそうだったからだ。父親の背中を見ているうちに、自分も運転手になりたいと思うようになっていた。

入社するまでは狭き門だと考えていたが、案外簡単に入ることができた。大型二種免許

を取り、面接で合格。たまたま人手が足りなかったということもあるが、拍子抜けするほどだった。

初めのうちは仕事が楽しくて仕方なかったのだが、近頃その気持ちが薄れ始めている。同じ毎日の繰り返しだからだろうか、すっかり小さな頃の夢を忘れてしまっている。だからといって辞めるつもりはないし、辞める訳にもいかない。自分には家族を養っていく責任がある。ただ、あと何十年もこうして働かなければならないと思うと憂鬱《ゆううつ》なのだ。

バスが出発してから久々に、バス停で待っている客がいた。大したことではないのだが、耕助は妙に嬉《うれ》しい気分になった。耕助はバスをゆっくりと停め、ドアを開けるボタンを押す。可愛らしい女の子とその母親が後ろから乗ってきた。

「こんにちは」

と母親に挨拶《あいさつ》され、耕助は笑顔を返す。そして、バスを再発進させた。

今の挨拶一つで、どれだけ励まされたことか。自分がいるから、こうして目的の場所に行ける人がいる。恋人や家族に会える人がいる。そう考えると力が湧いてくる。文句ばかり言っていたら罰が当たる。一生懸命働こう。

そう意気込んだ十五分後、耕助は、終点のアナウンスをかけようとマイクを手に取った。

その時だ。

急ブレーキをかけるしかなかった。車内に響く母親と子供の悲鳴。耕助は、恐る恐る横を向いた。

首元に、包丁が突きつけられていた。

立っていたのは、中学生か高校生くらいの少年だった。乗ってきた時の表情とは全く違う。鋭い眼。興奮した息づかい。ヤバい雰囲気がひしひしと伝わってくる。まともに顔を見ることができない。

耕助は言葉を出せず、ただ両手を上げた。すると少年はこう言った。

「東京へ向かえ」

「え……？」

少年の声が大きくなる。

「いいから東京へ向かえ」

気持ちを静めようとしても頭が混乱していて考えがまとまらない。額から、ツーッと汗がこぼれた。

「東京……」

「そうだ。早く向かえ」

静まり返った車内。乗客全員の視線が、こちらに向けられている。

「早く向かえ！」

刃先が、首に押しつけられる。頭を整理してバスジャックに遭《あ》った時のマニュアルを必死に思い返そうとするのだが、何も浮かんでこない。

「早くしないと殺すぞ！」

殺すという言葉に耕助は縮み上がる。

「わ、分かった。分かったよ。でもその代わり、ここで乗客を下ろさせてくれ」

「ダメだ。このまま行け」

「しかし……」

少年は苛立《いらだ》ちを見せる。

「早くしろ！」

彼の目は本気だ。これ以上逆らえば本当に殺される。

「……分かった」

「いいか？　下手なマネしたら刺し殺すぞ」

耕助は、小刻みに頷《うなず》く。

「さあ行け」

命令が下され、耕助は震える手でマイクを取った。

「みなさま、これよりこのバスは、東京へ向かいます」

誰からも声は上がらなかった。この様子を見れば、このバスがジャックに遭ったことくらい、容易に想像がつくだろう。

いや、子供だけは今の状況を把握していないのだろう。

「ママ」

という明るい声が後ろから聞こえてきた。

5．三島→東京 01

静岡県三島《みしま》市、三島駅付近。

人通りの多い三島駅前郵便局の目の前に突っ立っていた東原藤悟《ひがしはらとうご》は、右も左も分からない土地に混乱していた。三島ではなく、違う場所を選択すれば良かっただろうか。しかし、候補地の中で実家の磐田《いわた》市から一番近いのが三島だった。水戸市や銚子市、あるいは沼田市を選んでいたらもっと大変なことになっていたろう。

藤悟は腕時計を確認する。

「……どうしよう」

携帯電話から掲示板を見た藤悟はいよいよ追い込まれた。

『みんな！　これから実行するぞ！』

ハンドルネーム、『ドウ』の書き込みだ。あいつは本当に乗っ取ったのだろうか。他のみんなも今頃、東京へ向かっているのだろうか。

そうだとしたら一人だけ裏切るわけにはいかない。俺たちの結束は固いんだ。顔を見たこともないし声も聞いたことはないが、心が通じ合っている。十五年間、ずっと独りぼっちだった俺に、やっとできた仲間なんだ。画面の中とはいえ、大切な友人たち……。

藤悟は、掲示板にこう書き込んだ。

『俺もこれからやってやる！』

俺たちの手で、世間をアッと言わせる。大混乱を巻き起こす。俺たちを馬鹿にしている奴らを見返してやるんだ。

頭では分かっている。しかし、なかなか一歩が踏み出せない。気持ちばかりが焦る。

現在、時計の針は十二時五分。約束の時間はとっくに過ぎている。

とにかく、まずはバスに乗らないと。

藤悟は、大きな旅行用バッグを抱え、駅にトボトボと歩いていく。郵便局の近くとあって、赤いバイクに乗った郵便局員や、自転車をこぐ年賀状配達のアルバイトが次々と通り過ぎていく。藤悟は既に、自分は犯罪者だと思い込んでおり、顔を伏せてキョロキョロしながら歩く。それがむしろ不自然だということに気づく余裕もない。

不意に、自転車に乗った警官が真横を通り、冷や汗をかいた。

混乱していた藤悟をハッとさせたのは、新幹線が通る音。ふと顔を上げると、一台の大型バスが目に留まった。全体にレインボーの絵柄が描かれている派手なバス。その中央にはローマ字で会社名が書かれてある。あれは、観光バスか……。

他のバスはないかと探したが、その一台しか停まっていない。藤悟は立ち止まり、行ったり来たりする。あのバスだって発車時刻が決まっている。もたもたしている暇はないのだが。

よし、やるか。

決意を固め、藤悟はおぼつかない足取りでバスに進んでいく。路線バスと違い、近づくにつれ迫力が増していく。大きな大きなフロントガラスの上にある行き先表示には、『湯《ゆ》河《が》原《わら》温泉』と書かれてあった。

藤悟は口で呼吸しながら、開かれているドアの手すりを持ち、表情を強張《こわば》らせながら乗降ステップを上っていく。ざわついた車内。運転席の横にはカラオケセット、テレビ、冷蔵庫。天井にはシャンデリア。全体を見回した藤悟は、乗客数に圧倒された。

客のほとんどが老人、そして子供連れの家族なのだが、六十名以上いるのではないか。それぞれのグループが会話に夢中で、藤悟の存在にすら気づいていない。まるで宴会状態だ。

こんな大人数を自分が従わせることができるのか。

だが引き返すわけにもいかず、藤悟は一番前の席に目をつける。たった一つだけ空いているのだ。

歩みだそうとしたその時だった。

「お客さん、チケットは?」

暖房の効きすぎで暑いのか、ジャケットをイスにかけているブルーのシャツを着た中年の運転手にそう聞かれ藤悟は、

「え?」

と口を開けてしまった。予想外の事態だ。バスが発車してしばらくしてから動き出すつもりだったのだが。

「チケットないと乗れないよ」

返す言葉が見つからず、藤悟はその場に立ち尽くしてしまった。

「どうしたの?」

運転手に尋ねられたその直後、後ろから七十歳前後の男性の老人が乗降口から車内に入ってきた。その老人はポケットからチケットを取りだし、運転手に渡す。

「どうぞ」

そのやり取りを見て、藤悟はますます居づらくなる。これで一つも席がなくなった。

「あの……申し訳ないけど、下りてもらえるかな?」

俯《うつむ》いていた藤悟は、スッと顔を上げた。

その一言が、藤悟の目つきを変えた。

見下したような、馬鹿にしたようなそんな言い方だったのだ。

ナメられている。俺だって、やる時はやるんだ！

藤悟は、抱えているバッグを開けると、この日のために作ったロングコートをあたふたと羽織り、サングラスをかけた。そして、武器であるボウガンを手にする。

「き、君？　何を……」

恰好《かっこう》は完璧《かんぺき》だった。藤悟が目指している『スパイ』というアクション映画の主人公にそっくりだ。『サエキ』になりきれば、バスジャックなんて簡単にこなせる。これは任務なんだ。失敗は許されない。敬愛する『サエキ』のためにも。

「静かにしろ」

弱々しい表情から一転、鋭い表情へと変わる。『サエキ』になりきるだけで、力がみなぎってくる。

ほとんどの乗客が藤悟に気づいてはいるが、未《ま》だ一部が騒がしい。自分の中での台本では、今の一言で全乗客がピタリと黙る予定なのだが。

「このバスは俺がジャックした！　今から東京タワーへ向かう！」

さっきまでの自分とは、まるで別人のような口調だった。

「と、東京タワー……そんな、無理だよ」

動き出そうとしない運転手に、藤悟は矢を向けた。

「状況が分からないようだな……この人差し指が動けばどうなるか。さあ行け。死にたいのか」

決まった。自分ではそのつもりだった。

これから俺の物語が始まる。シナリオ通りにことを進めるんだ。

「わ、分かった。だからそれ、下ろしてくれ」

扉が閉まったバスは、三島駅を後にする。

しかし、それでも未だ一部の乗客はバスジャックされたことなど気づいてもいなかった。

6. 佐久→東京 01

長野県佐久《さく》市岩村田《いわむらだ》。

畑道のど真ん中にポツリと置かれているバス停の前で、川田《かわだ》三郎《さぶろう》は一人、バスが来るのを待っていた。

三郎は、ゲームセンターで取った腕時計を確かめる。

午後、十二時三十分。約束の時間よりも随分遅れてしまっている。気にかかるのは、仲間たちの状況。動き出していないのは、まさか自分だけ？

どうして東京からかなり離れている長野県を選んでしまったのだろう。茨城県に住んでいるのだから、水戸市を選んでおけば良かった。みんなでスタート地点を決める時、ハッキリ言えなかったのだ。だから最後に残った長野県になってしまった。

「ああ……もう」

三郎は情けない声を洩《も》らし、バスが来る方向に目を向ける。だが、全く来る気配などない。次はあと何分後なのだろうか。

実は、もう既に三台も見送ってしまっていた。乗ろうとするのだが、身体がいうことをきいてくれない。緊張と不安で、押し潰《つぶ》されそうになるのだ。紙袋の中に入っている果物ナイフを見るだけで、腰が引けてしまう。自分がわざわざ用意したものなのに。

だが、今のままでは何も変わらない。同じ生活が続くだけ。自分を、ぶっ壊さないと。

脳裏に、クラスメイトから浴びせられる罵声《ばせい》が幻聴の如く蘇《よみがえ》ってきた。

死ね。消えろ。チビ。カス。

何重にもなって響いてくるその声は、三郎の頭を強く揺るがす。三郎は思わず耳を塞《ふさ》いだ。気づけば、その場にしゃがみ込んでしまっていた。

地獄のような日々はもうたくさんだ。早く、抜け出したい。

幼い頃から同級生と比べると格段に背が低く、顔も女の子みたいなつくりをしているので、いつも馬鹿にされていた。それが段々エスカレートしていき、現在ではクラス全員からイジメを受けている。

三郎は小学校を卒業しても背が伸びず、中学三年の今も、百四十五センチとかなり小柄だ。女子と並んでも、半分以上には負けてしまう。もう少し背が高ければと、自分の体つきを恨んでいる。

もちろんそれよりも内気な性格を直すべきだとは分かっている。だが、どうしても反抗ができない。仕返しが怖いのだ。学校には行きたくないが、家族は真実を知らない。普通の学校生活を送っていると思っている。

登校拒否できればどれだけ楽か。でも、親や兄弟を悲しませたくはない。自分が我慢すれば、それで済むことなのだから。

このさき生きていても仕方ない。明るい未来など待っているはずがない。

死のう、と考えたこともある。

だが三郎は、唯一安らげる場所を見つけた。ネットの世界である。自分は今、計り知れないほど広い場所で生きている。いや生かされている。そこで見つけた信頼できる仲間。初めてできた友達。自分の弱さを受け入れてくれた。彼らにだけは、本音を喋《しゃべ》ることができる。

だからこそ、今回の計画に参加しなければならなかった。自分を、変えるために。

遠方から、白に紺色のラインが入ったバスが走ってくる。またしても、三郎の身体は硬直する。

これが最後のチャンスだ。みんな、応援してくれている。そう思うと、勇気が湧いてきた。

速度を落としたバスが、ゆっくりと目の前に停車した。すぐにドアが開く。しかし、三郎は乗ることができない。顔すら上げられない。運転手が声をかけてきた。

「乗るのか？　乗らんのか？」

制服を着た定年間近と思われる老齢の運転手。窓の方に目をやると、三人の乗客から突き刺さるような視線が向けられている。

やれ。やっちまえ。

三郎は紙袋を握りしめる。しばらくの沈黙の後、ようやく口を開いた。

「いいです……行ってください」

運転手は首を傾げて扉を閉めた。三郎は、発車するバスを見送ることしかできなかった。

バスが見えなくなると、溜《た》め込んでいた息を一気に吐き出す。そして、膝《ひざ》から崩れ落ちた。

無理だった。やれなかった。デカい犯罪者にはなれなかった。

「ごめん……みんな」

自分が情けなすぎて、涙もでてこなかった。

7．水戸→東京 02

突然響いた、『動くな』という叫び声。修一は何が起きたのか分からなかった。他の乗客の目も、一斉に彼に集まる。不可解な状況に五人の女子グループがヒソヒソと話し始めると、少年はすかさず、

「静かにしろ！」

と怒鳴った。とはいえ台詞《せりふ》と声の高さが合っておらず、あまり迫力が感じられない。

間もなく、修一が下りようとしていたバス停に到着した。ドアが開く音が聞こえたので、修一は男の子に背中を向け、一歩踏み出した。すると、

「おい！　動くなって言ってんだろ！」

と再度命令された。しかし修一は、料金を払おうと再びポケットの中にある小銭を触った。

正月早々、あんなのにつき合ってられっか。

その直後であった。女子グループのただならぬ悲鳴が、車内に広がったのだ。

修一は思わず振り向いていた。

少年の右手にはサバイバルナイフが握られており、更に左手には、黒い無線機のような

装置が……。

「おい……」

修一が思わず怖《お》じ気づいた声を洩らすと、バリバリバリという音とともに装置の先端から青い電撃が放たれた。その瞬間、全乗客は身を引いて怯《おび》えた声を発する。あれがスタンガンというやつか。

「そこのお前、舐《な》めてんじゃねえ！　早く座れ」

少年は凶器を持って歩み寄ってくる。扉から近いのは修一だったが、金縛りにかかってしまい逃げることができなかった。

修一はナイフを見つめながら、指示通り座席につく。少年は前を通り過ぎ、運転手の所で足を止めた。

一番前にいる修一の耳には、彼の声がハッキリと届いた。

「ま、まず扉を閉めろ」

ナイフを突きつけられた運転手は歯向かうことなく扉を閉めた。

「いいか？　これからこのバスは東京タワーへ向かう。従わなければ死ぬことになるからな」

東京タワー？

なんで？　意味分かんねーよ！

まさかコイツ、バスジャック犯か？

嘘だろおい。あんなテンパってるクソガキが。

「で、でも……」

修一は彼の動きを追う。運転手の首に、刃が触れた。

「お、俺は本気だぞ」

そう脅すと運転手は慌てて頷《うなず》いた。

「わ、分かりました。行きますので、ナイフをどけてください」

運転手が了解すると、次に男の子は細かい指示を告げた。

「まずは国道6号線に乗れ。いいか？　高速は使うな。警察に前を塞がれたら終わりだからな」

練習通りの台詞、のようにも聞こえた。

運転手の震え声が伝わってくる。

「……はい」

「下手なことしたら命はないと思えよ」

「分かりました」

「よ、よし、じゃあ出発しろ」

気のせいか、言いきった男の子は深く息を吐き出したように見えた。

車外にいる人間はこの状況に気づいていないのか。何事もなかったかのように、バスはゆっくりと動き出してしまう。

「マイクはどれだ」

少年がそう尋ねると、運転手はこれですと指さす。

前を向いた少年は、マイクを口に持っていき乗客にこう告げた。

「こ、このバスはジャックした。今から俺の言うとおりにしてもらう」

明らかに身体が震えている。心臓の音がこちらに聞こえてきそうなくらい、緊張している。

コイツ、相当ビビッてる。

「これよりこのバスは東京タワーへ向かう。あなたたちは人質です。くれぐれも下手な動きはしないように。おとなしくしていれば、何も危害は加えません」

急に丁寧語かよ。

緊張を孕《はら》んだ声が車内に広がる。

「そ、そこのお前」

俯《うつむ》いていた修一は、自分か？ と目線を上げる。すると少年は目の前に立っていた。

「さっきから目についてたんだ。その汚れた服、どうした？ 妙に怪しいぞ」

「え……？」

万引きがバレて店員に変なモノをぶつけられたとは言えなかった。

「別に……何でも」

「嘘つけ。正直に言え」

もしや、この俺を警戒してんのか？

「言え！」

喉元《のどもと》に、ナイフを向けられた。修一は彼を一瞥《いちべつ》する。

まさかこんなことに巻き込まれるなんて誰が予測しただろうか。今日は人生で最悪の元日になりそうだ。

しかし未《ま》だ信じられない。こんなガキが、バスジャックを起こすなんて。喋《しゃべ》り方もぎこちないし、身体なんてガチガチに固まってしまっているではないか。

全てはあの万引きから始まったのか。

「早く言えって」

何かを隠していることはお見通しのようだった。彼はスタンガンのスイッチを入れ、それを修一の顔に近づけてきた。

8. 沼田→東京 02

バスは、沼田駅の手前のバス停で停まろうとしている。新藤直巳は出刃包丁を手にしながら急いで運転手の下に歩む。バックミラー越しに目が合うと、運転手は小さな悲鳴を上げた。

直巳は運転手の胸のあたりに出刃包丁を持っていき、

「停まらずに通過してください」

と冷静に指示する。

運転手は、気が気ではないといった様子でハンドルを動かす。

「いやしかし……」

その一言が気に入らなかった。

この僕に従うことができないというのか？　正義漢ぶっているつもりか。

直巳は運転手を見下ろす。

「この状況が分からないんですか？　あなたが従わないのなら、まず乗客から殺しますよ」

運転手は慌てて懇願する。

「それだけはお願いします、やめてください」

「だったら、僕の言うとおり動いてください。立場をわきまえるべきです。あなただってまだ生きていたいでしょう」

運転手はしっかりと前を見ながら、

「私に、どうしろと……」

と聞いてきた。直巳は満足げにこう答えた。

「東京タワーへ行ってください」

運転手は戸惑いを隠せない。

「東京タワー？」

「そうです」

「でも、どうやって……私、行ったことないんです」

「大丈夫です。そのために標識があるんじゃないですか。東京方面に行けば着きますよ。ああそれと、くれぐれも高速は使わないように」

運転手は無茶だと言うように、

「ここは群馬ですよ？　何時間かかるか分かりませんよ」

反論してくる。

「いいんですよ。ゆっくりと行きましょう。気づかれないように」

「本気……ですか」

そう確認された直巳は気分を悪くした。

「それはどういう意味ですか。僕が中学生だからってナメてるんですか。それとも僕が女みたいな名前だからって馬鹿にしてるんですか！」

ヒステリックに叫ぶ直巳に、運転手は怒りを静めるようにこう返した。

「分かりました、行きます。行きますから」

「それでいいんです」

運転手はバス停を通過し、進路を変えた。

それを確認した直巳は多少乱れた髪を直し、は虫類のような目で乗客一人ひとりを睨《にら》み付けた。六人の成人男女と幼い女の子の視線はこちらに釘付《くぎづ》けになっている。女性の方は怯《おび》えている様子だが、三人の男たちは一様に、険しい表情を浮かべている。

どうにかして妻や子供を守ろうとしている？　滑稽《こっけい》すぎて笑いがこみ上げた。

「みなさん、先ほども言いましたようにこのバスは僕が支配しました。現在このバスは東京タワーに向かっています」

ざわつく車内。

「静かにしてください。勝手なお喋りはやめてください。あなたたちは奴隷なのですから」

反論する者はいない。皆、直巳と凶器を凝視する。

「パパ」

静まり返る車内に響く女の子の震えた声。

父親が小さな身体をギュッと抱きしめた。その光景を目《ま》の当たりにした直巳の脳裏にかすめた家族の映像。

僕はああやって、愛されたことがない。たったの一度も。だから見ていて腹が立つ。

直巳は話を続けた。

「もうじき、男性にはバスから下りていただきます」

顔を見合わせ戸惑う乗客たち。

「そんな！」

と悲痛な声を洩《も》らしたのは女の子の父親であった。

「何か問題ですか？」

「だったら、佳奈《かな》も一緒に下ろさせてください。どうか、どうかお願いします」

「それはダメです」

直巳の答えに、父親は銃で撃ち抜かれたような表情になる。

「だったら私も残ります。佳奈を一人にさせておくなんて絶対にできません」

直巳はため息を吐いた。

「僕の話を聞いていましたか？　あなたたちには何の権限もない。僕の言ったことが全てなんです。三度は繰り返しません。男性三名には下りてもらいます」

父親が口を開こうとした途端、直巳はそれを許さなかった。

「娘さん、本当に殺しますよ」

直巳は本気であった。父親もそれを強く感じたのだろう。諦《あきら》めたように、肩をガクリと落とした。

「それでは男性の方、立ってください」

三人は、妻や子供に言葉をかけ頷《うなず》く。

「パパ」

直巳は親子に時間を与えなかった。別れの場面などどうでもいい。

「心配いりません。娘さんには何もしませんよ。言うことを聞いていれば、の話ですが」

怒り、悔しさ、悲しみ、様々な思いがこめられた眼差《まなざ》しに囲まれ、直巳は快楽を感じた。

「女性の方は僕の方へ来てください」

しかし、すぐに従おうとはしない。

「早くしてください」

声を荒らげると女性たちは恐る恐る立ち上がり、前の方へやってきた。

「座ってください」

直巳は、一番後ろにいる女の子を呼び、先頭の座席に座らせた。目を向けると、女の子はスッと顔を下げた。

直巳は、運転手に歩み寄る。

バスは、ちょうど国道17号線に入ったところだった。ファミリーレストランやガソリンスタンドが目につく。

タイミングが良かったのは、バス停がすぐ前方にあったことだった。

あそこで停まれば不自然ではない。

「あのバス停で停めてください」

運転手は指示に従いブレーキを踏んだ。バスは、ピタリと停止する。ごく自然な光景であった。

「後ろのドアを開けてください」

直巳の言うとおりにことは進む。

「では、ここでお別れです。すみやかに下りてください。分かっているとは思いますが、警察には通報しないように。もし約束を破れば……分かってますね？」

心配そうに下りていく男性二人。だが、女の子の父親はなかなか出ようとはしなかった。

「パパ！」

女の子が叫ぶと、父親は泣き声を洩らした。

「佳奈！」

「早くしてください！」

女の子の頭に包丁を突きつけると、父親は仕方なく下りていった。

「発車してください」

運転手は扉を閉め、アクセルを踏む。目の前の信号がちょうど青に変わり、三人の姿はアッという間に小さくなった。

「やっと邪魔者が消えました」

そう言って、直巳は全ての窓のシェードを下ろした。

作業を終え、直巳は四人の前に立つ。誰も、目を合わせようとはしない。

「携帯を没収します。出してください」

三人の鞄《かばん》から携帯が取りだされた。直巳は一つひとつ受け取っていく。

「あなたは今日、一人ですか？」

直巳はショートカットの女性に話しかけた。女の子を除いて一番若い女性だ。二十代後半といったところか。彼女だけ、誰とも話してはいなかった。

「……はい」

「そうですか。運が悪かったですね」

そう言って、今度は全員に向かって口を開く。

「何度も言いますが、現在このバスは東京タワーに向かって走っています。五時間後くらいには着くでしょう。それまで大人しくしていてください」

そして直巳は最後の忠告をした。

「僕のリュックには爆弾が入っています。あなたたちが変な行動をしたら、爆発させます。言っておきますが本気ですよ。僕は死ぬ覚悟もできているんだ。みなさん気をつけてくださいよ」

車内は凍り付く。女の子はとうとう泣き出してしまった。

「静かにするんだ」

包丁を見せて脅すと、泣き声がピタリとやんだ。満足した直巳はフロントガラスから景色を眺めた。正月とあって道は空《す》いている。順調に東京に向け走っている。

ポケットから携帯を取りだした直巳は自分たちの掲示板に繋《つな》ぎ、こう書き込んだ。

『ナオです。僕も今東京を目指しているよ』

9．銚子→東京　02

国道126号線を走る旭市行きバスの空気は一気に張りつめた。

呆然《ぼうぜん》としている全乗客に、バタフライナイフをかかげたおかっぱ頭の少年は怒る。

「いいから早く手を上げろよ！」

大人の声になりきっていないその声は言葉と釣り合っておらず、陸と亜弥はただ困惑する。

「早く！」

三度目の命令が飛んだ瞬間、陸は亜弥と手を離し、ゆっくりと両手を上げた。亜弥も、同じ動作をする。後ろにいる乗客の様子は見えないが、全員が手を上げたのだろう。男の子は、

「よし」

と呟《つぶや》き運転手の方へ歩んでいく。背中を向けた途端、亜弥が耳元で聞いてくる。

「どうなってんの？」

陸は首を振り、

「静かに」

と囁《ささや》く。

バスジャックなのではないかと予測はついていたが、口にはできなかった。更に彼女が不安になると思ったからだ。いや、さすがの亜弥もそれくらいは分かっているか。

運転手と男の子のやり取りは聞こえないが、姿は確認できる。何かを要求しているのは間違いなかった。ナイフを近づけ、脅しているのだ。

それにしてもあの男の子、未《ま》だ中学生ではないか？　顔は幼く、声は子供っぽい。身体だって出来上がっていない。

その彼が何を望んでいるのか。想像もつかなかった。相手が子供だということが逆に不安であった。そう、子供だからこそ恐ろしいのだ。未成年による凶悪犯罪がかなり増えているというニュースをこの間、見たばかりだ。あと先考えず人を傷つけたり殺したりする、何を考えているのか分からない子供が非常に多いという内容だった。

彼も、その一人なのか？

自分たちはこれからどうなってしまうのか。

運転手と男の子の交渉は長く続いていた。沈黙が乗客に重くのしかかる。陸は亜弥と目を合わせ、大丈夫と言い聞かすように強く頷いた。今は男の子と運転手のやり取りを見つめているしかない。

更に、二分が経過した。この百二十秒がどれだけ長く感じたことか。段々、上げていた腕も痺《しび》れてきた。暖房の風が身体の熱を上げ、陸は全身汗だくになっていた。

二人はどんな話をしているのか。少し立ち上がり様子を覗《のぞ》こうとした、その時である。交渉が済んだのか、男の子が乗客の方を向いた。そして、こちらに近づきながらこう言った。

「手を上げたまま動かないように。いいですね」

痺れた腕が震える。

「今からこのバスは……」

男の子の話が突然とまる。なぜか彼は、亜弥をじっと見つめているのだ。口をポカンと開けている。つい先ほどまでの怒りは、すっかり消えてしまっていた。

「な、なに……？」

亜弥は、陸だけに聞こえる声量で呟く。

男の子は未だ、何の動作も見せない。膠着《こうちゃく》状態がしばらく続いた。

赤信号でバスが停まる。その時の揺れで男の子は我を取り戻したようにハッとなり、落ち着かない様子でこう言った。

「予定を変更する」

そして男の子は俯《うつむ》きながら亜弥を指さした。

「そ、その女だけを残し、全員下りてもらう」

「え？」

亜弥は思わず大きな声を出してしまう。陸は混乱し、男の子と亜弥を見比べる。

どうして？

他にも女性は乗っているではないか。なぜ亜弥だけ？

「その女以外、手を上げたまま全員立って後ろの出口に移動しろ」

妙にせかせかとした口調に変わる。

「陸……」

全員が立ち上がる中、陸だけが動けない。助けなければならない。だが、相手は凶器を持っている。自分は武道なんて習ったこともないし、立ち向かう自信がない。しかしこのままでは亜弥が……。

「その男！　なにモタモタしてる！　お前が従わなければ他の乗客を殺すぞ！」

出口に集まっている乗客から冷たい視線が向けられる。

どうすればいいのか。陸には判断できなかった。すると亜弥が、決心したようにこう言った。

「陸……行って。怖いけど、そうするしかない」

「亜弥」

「早くしろ！」

「多分……大丈夫。だから行って」

陸の足に、亜弥の手が置かれた。

陸は、下を向いたまま立ち上がった。彼は段々苛《いら》ついてきている。これ以上時間がかかれば、本当に他の乗客を傷つける可能性がある。

今は、こうするしかない。亜弥を信じるしか。

陸は亜弥の前を通り過ぎ、出口に進む。他の乗客から安堵《あんど》の息が洩《も》れた。

「停めろ」

男の子の指示でバスが停まると、扉が開いた。

「下りろ」

命令される前に乗客たちは逃げるようにしてバスから出る。最後に残された陸は亜弥を見つめ、弱々しく頷《うなず》いた。むしろ亜弥の方が力強く見つめ返してくる。

地面に足がついた途端、扉が閉まった。陸は扉に手を触れるものの、バスはそのまま発車していく。亜弥の姿はもう確認できない。バスは、徐々に遠ざかっていく。

陸は、今になって後悔していた。

やはり亜弥を一人にするべきではなかった。闘うべきだったのではないか。

亜弥は、本当に大丈夫だろうか？

とにかく助けなければならない。でも、警察に通報しても良いのだろうか。もしそれが分かって男の子が逆上したら……。

携帯電話を取りだしたものの、陸は番号をプッシュすることができなかった。

一方、訳も分からず一人残されてしまった亜弥は、じっと俯いたまま動けずにいた。男の子の視線を感じるから余計、顔を上げることができない。

視界に、チラリと映る銀色のナイフ。男の子の手が少しでも動くたびヒヤリとする。何かされるのではないか。もしかしたら殺されてしまうのではないか。

陸には大丈夫と言ったものの、当たり前だが一人になんかなりたくなかった。でも仕方なかったのだ。あのまま陸が残っていたら、興奮状態の男の子は他の乗客を傷つける恐れがあった。私たちだって、危なかった。だからこうするしか……。

亜弥は、扉が閉まる直前の陸の顔を思い出す。

きっと大丈夫。陸が何とかしてくれる。頼りない一面もあるけれど、私は信じる。

バスはひたすら走っているが、今どこにいるのか確認するほどの余裕がない。どこへ向かっているのか、想像もつかない。

一人になってからずっと、無言の時が流れている。男の子は吊革《つりかわ》に掴《つか》まってただじっとこちらを見つめているだけ。緊張に耐えられなくなった亜弥は、ギュッと目をつぶった。

沈黙を破ったのは当然男の子の方だったのだが、それは十五分後のことだった。

「な、名前は？」

突然そう聞かれた亜弥は目を開き、おどおどしながら答えた。

「桜木、亜弥」

「そう……」

と呟いた男の子は、

「僕は、定岡道彦《さだおかみちひこ》……」

と、なぜか自分の名前を名乗ってきた。反応に困った亜弥は顔を伏せる。

しばらくの間が空くと、定岡は意外なことを口にした。

「ご、ごめんなさい……怖がらせて」

恐ろしげな犯罪者ではなく、普通の少年の声になっていた。その言葉で少し気持ちにゆとりのできた亜弥は、それでも恐る恐る尋ねた。

「どこへ、向かっているのでしょうか？」

こちらから喋《しゃべ》りかけると、定岡はメガネの位置を直しながら、

「東京タワーです」

と、妙に嬉《うれ》しそうに答えた。

「東京タワー？」

考えてもいない場所であった。この子は何のために東京タワーを目指しているのだろうか？　見当もつかない。

「行ったこと、ありますか？」

「え？」

何だこの普通の会話は。この子は何のために私を残したのか？　もちろん危険な状況になるよりは全然マシだが。

「一度だけ、友達と」

「そ、そうですか」

定岡は続けてこう言った。

「僕と」

その先が言いづらいのか、定岡はあたふたしだす。

「僕と……」

亜弥は、変なモノを見るような目を向ける。

定岡は勇気を振り絞るように、大きく息を吸い込んで一気に口を動かした。

「僕と一緒に東京タワーへ行きましょう」

「は？」

亜弥はその時、ようやく気づいた。妙な展開になっていることを。

定岡と亜弥の目がしばらく重なり合う。そしてお互い同時に顔を伏せた。

銚子市を走っていたバスは、もうじき旭市に入ろうとしていた。

10. 三島→東京 02

「言い忘れたが、くれぐれも高速には乗るな。前方を塞《ふさ》がれたら逃げ道がなくなるからな」

サングラスにロングコート。右手にはボウガン。恰好《かっこう》だけではなく気持ちまで完全に『サエキ』になりきっていた藤悟は運転手にそう告げた。

「分かりました」

「国道1号線を使え」

藤悟は地図で調べていた。1号線をずっと走っていれば東京に着く。東京都に入れば、あとは港区の芝《しば》公園を探せばいいだけだ。

そこに、きっと仲間がやってくる。

全員が集まれば日本中は大パニックに陥るだろう。大勢の警官、マスコミ、ギャラリー。

俺たちの名は、全国に知れ渡る。

『史上最悪の犯罪者たち』と……。

全てのシナリオは頭の中で創りあげられている。だが、藤悟には一つ納得いかないことがあった。

目が悪いのか耳が遠いのか、一番後ろの席に座る男女の老人グループがこちらの存在に未《いま》だに気づいていない。何の疑いもなく『湯河原温泉』に向かっていると思っている。

いつまで騒いでいるつもりだ！

俺を誰だと思っている。年寄りだからって容赦はしない。

ボウガンを構え直した藤悟は、一歩、また一歩と老人グループに近寄っていく。藤悟が動くたび、他の乗客の視線も移動する。

「おい。静かにしろ」

三メートル手前で声をかけると、ようやく四人が藤悟の存在に気づいた。

四人とも、八十歳前後といったところか。男性三人の頭には髪の毛がほとんどなく皺《しわ》だらけ。女性の頭は真っ白で、皮膚が垂れきっている。身体は細く、手足は棒のようだ。

「このバスは俺がジャックした。今、東京タワーに向かっている。着くまで大人しくしてもらおうか」

四人はポカンと口を開けたままこちらを眺めている。まるで、珍しいモノでも見るように。

「分かったな」

そう言うと、一人の老女がしわがれた声で話しかけてきた。

「坊や、違うよ。私たちは湯河原温泉に行くんだよ」

「だから！」

違う一人から声がした。

「若いの、今そんな恰好が流行《はや》っているのかい？」

「サングラスなんて懐かしいね～」

「そうだねトメさん。うちらも若い頃は似合っていたんだがね〜」

四人は藤悟の存在を無視し、また勝手に世間話をしだした。全くこの状況を理解していないようだ。

藤悟の中で沸々と怒りがこみ上げてくる。

「ところで若いの。右手に持っているものは何だい？」

答えようとした途端、また割り込まれた。

「今流行の玩具《おもちゃ》じゃないですか？　シゲさん」

「そうかい。玩具も昔と随分と変わったもんだね〜」

「そうですね。私たちが子供の頃はべい独楽《ごま》や……」

我慢の限界に達した藤悟は腹の底から吠《ほ》えた。

「うるさいうるさいうるさい！」

ついに、沈黙が訪れた。

「俺が誰だか分かっているのか？　あんたたちは人質なんだ。俺の言うとおりにしてもらわないと困るよ。『スパイ』という映画では、『サエキ』の思うがままにことが進んでいくんだ。俺も恰好良く決めたいんだよ！　だから大人しくしていてくれ！」

思わず映画のことまで喋ってしまい、藤悟は赤面する。

全乗客に今の話聞かれたよな。

「私たちが人質ね～　そりゃ大変だ」

一人がそう言うと、四人はゲラゲラと笑った。冗談としか思っていないようだ。

「ふざけんなよ……」

自分の描いていた映像と違いすぎる。

どうして本気にしてくれないんだ。

仕方ない。この四人だけは無視して物語を再開させるか。

運転手のところに戻った藤悟は再び『サエキ』の口調で尋ねる。

「どうだ。順調か？」

「……もう少しで1号線に入るが」

「そうか」

今のは決まった、と思いきや、またしても後ろから笑い声が聞こえてきた。

「うるさい！」

声が、裏返ってしまった。

あまりの恰好悪さに藤悟は項垂《うなだ》れる。

もう台無しだ。

違うバスに乗れば良かったと、藤悟は脱力してしまった。

11. 那須→東京 02

事件発生から早くも四十分が経過した。神木耕助の首元には依然包丁が突きつけられている。

いつ刺されるか分からない状況で、落ち着いて運転できるはずがない。緊張しすぎて、今にも吐きそうだ。赤信号で停まるたび、頭がくらりとする。

もう、どれだけ走ったろう。バスは現在、速度60キロで国道4号線を進んでいる。周りには工場ばかりが並び、遠くには橋のかかった大きな川が見える。

標識には『大田原《おおたわら》』の文字。

高速道路は使うなと指示され、とりあえず今走っている国道に乗ったのだが、大丈夫だろうか？　段々自信がなくなってきた。何せ車で東京など行ったことがない。ナビも付いていないので、勘に頼るしかない。残り何キロあるというのだ。まだまだ道のりは長いはず。着くまで体力と精神が保《も》つだろうか。

バスを出発させてから約十分が経過したところで少年は言った。

『東京タワーを目指している』と。

理由は聞けなかったが、なぜ東京タワーへ行きたいのだろうか。深い想い出でもあるのか。それとも興味本位か。

よりによってバスジャックに遭うなんて。頭の中でそればかりを繰り返している。

しかも正月早々、このど田舎で。

ある意味奇跡だ。

とにかく、自分には乗客の命を守る義務がある。早まった行動は慎まなければならない。

それで全員が助かるのなら、少年に従うしかない。

「もっとスピードを出せ」

「はい……」

少年の指示通り耕助はアクセルを深く踏み込む。時速は70キロまで上昇する。

満足したのか、少年は携帯をいじり始めた。こんな時にメールだろうか。しかしこの時だけは、普通の男の子の顔に戻っている。

こちらの視線に気づいたのか、バックミラー越しに少年と目が合った。再び鋭い目つきに変わる。

「何だ」

耕助は咄嗟《とっさ》に嘘を考える。

「いえ……お客さんの様子を」

「ちゃんと前を見て運転しろよ」

「はい」

信号が青から赤に変わり、耕助はブレーキを踏む。隣では携帯のボタンを押す音。息苦しいほどの沈黙。耕助は、勇気を振り絞って自分から口を開いた。

「やっぱり、バスジャックなんて止めた方がいい。ご両親だって悲しむよ。それに、君だって捕まることになる」

「捕まることは最初から覚悟してんだよ。それに親なんてどうでもいい。つべこべ言わず運転しろ。もう一度同じようなこと言ったらただじゃ済まないぞ」

「は、はい」

行くしかないということは分かっている。だが、それで乗客の安全を守れるとは限らない。東京に着くまでに、犠牲者が出る可能性だってある。

警察。

もちろん最初から考えてはいた。が、知らせていいものかどうか。

今の状況からすると乗客とコンタクトは取れないし、携帯もいじれない。しかし、周囲に知らせる手段が一つだけあるのだ。

膝《ひざ》の真横にある小さな黒いボタン。これを押すと、車体の後ろにある回転灯が作動する仕組みになっている。少年には気づかれずに車中で何らかの非常事態が進行していることを知らせられる。

彼は、熱心に携帯をいじっている。右手を離すなら今がチャンス。耕助は少年の目を盗み、ハンドルから右手を離した。その時だった。後ろから、女の子の声が聞こえてきた。不安そうに、「ママ」と。

その声が、耕助の動きを止めた。

ボタンを押したがために、乗客にもしものことがあったらどうする。自分が殺されることだってある。そうなったら妻はどうなる。生まれてくる子供は？妻は働いたことのない人間だ。女手一つで子供を育てられるわけがない。

もう少し様子を見てからでいいのではないか。今のところ、少年も落ち着いている。もちろんずっとこのままだという保証はないが……。

耕助には、一つ心配事があった。バックミラー越しに映っている二人の乗客。先ほどから、体格の良い三十代後半と思われる男性が、前に座っている青年にそっと話しかけている。

妙な会話じゃなければいいのだが。

耕助は、それが気がかりだった。

お願い止めて、と小声で制止する妻の良子《りょうこ》の手を振り払い、吉浦光彦《よしうらみつひこ》は前に座る青年の説得にあたっていた。

黒いジャンパーにジーンズ。左手に携帯、右手に包丁を持った少年の動きに注意を払いながら……。

高校生らしきあの少年とは同じバス停からバスに乗った。前に立っていたのでハッキリ顔は見えなかったが、目つきが普通ではないと思ってはいた。それは、当たっていたことになる。だが、まさかこんな事件を起こすとは。

光彦は県立高校で体育教師をしている。学校には、様々な悩みを持った生徒たちがいる。そんな彼らと光彦は毎日接していた。

力になれるのなら手を貸してやりたい。悩みを解決してやりたい。光彦は日々そう考えていた。だが、教師というのは皆が思うよりずっと無力である。いくら彼らのことを思っていても、犯罪に手を染めてしまう生徒がいる。

三年前だ。光彦が受け持っていた男子生徒が母親を包丁で刺し殺した。当時、一番気にかけていた生徒だった。

母親だけの手で育てられた彼は、いつも不満を口にしていたそうだ。その噂を聞いた光彦は彼を呼びだし、相談に乗ると手を差しのべたのだが、何も話してはくれなかった。事件が起きたのは、その十日後のことであった。

今でも思う。もっと彼の気持ちになって考えていれば事件は防げたのではないかと。

彼は今も、少年院にいる。

光彦は、バスジャックしている少年と、母親を殺してしまった生徒を重ねて見ていた。事を起こしてしまったのはもう仕方ない。せめて、罪を軽くしてやりたい。そのためには、人を傷つける前に彼を取り押さえるしかない。だが、一人では無理な状況がある。そこで、前に座る学生に手を借りようと思ったのだ。自分がおとりになるから、後ろから取り押さえてくれと。

しかし、彼は無理だと言う。そんな勇気は持てないと。完全に怖《お》じ気づいてしまっている。

無理もない。相手はただの少年とはいえ包丁を持っている。正直、自分だって怖い。だがやらなければならないのだ。少年の未来のためにも。

「大丈夫。君ならできる」

真面目そうで華奢《きゃしゃ》な体つきの青年は、

「やっぱり無理です」

と首を振る。

「大丈夫！」

と言ったその時、少年がこちらを向いた。

しまった、声が聞こえたか。

光彦はスッと顔を隠す。だが、もう遅かった。少年はこちらに歩んでくる。そして、目の前に立ちはだかった。ボサボサの髪の中から覗《のぞ》かせる鋭い目。

「何を話していた」

「いや、何も……」

顔を伏せながらそう答えると、少年は良子に包丁を向けた。

「な、何を……」

「次に妙な動きを見せたら、マジでこの女を刺すからな。冗談だと思うな」

「はい……」

「分かってねえようだな」

返事の仕方が気にくわなかったのか、少年は包丁をスッと動かし、光彦の腕を軽く切りつけた。

「あなた！」

「黙ってろ！」

車内に、険悪な空気が流れる。光彦は腕を押さえ、

「大丈夫」

と洩《も》らす。血は、床にまで垂れる。

「次はこんなもんじゃねえぞ」

そう告げて、少年は再び運転手の下に戻っていった。光彦は、少年の後ろ姿を見据える。

「大丈夫？」

良子からハンカチを受け取った光彦は血の流れを押さえる。

腕よりも、心の方が痛かった。

思っていたよりも彼は危険かもしれない。何の躊躇《ためら》いもなく、包丁を振り下ろした。

一刻も早く止めなければ。

12. 水戸→東京 03

スタンガンから青い電光が飛び散ると、修一は咄嗟《とっさ》に身を引いた。その時に軽く頭をぶつけ痛みが走る。

「いっつ……」

「ごまかしてんじゃねえよ。お前、何者だよ。いい加減早く言えよ」

「ホントに俺は何も」

自分より年下の人間に屈しているのがたまらなく悔しかった。

こんなテンパっているガキ、武器がなければすぐに捻《ひね》り潰《つぶ》してやるのに……。

「じゃあ何で背中にカラーボールぶつけられた跡があるんだよ」

カラーボール……？

あの球のことか。

ふと、コンビニの店員の顔が浮かんできた。万引きごときであんなモノぶつけやがって。そのおかげでこっちは大迷惑だ。

「さてはお前……」

見抜かれたかと、修一は強く反応する。しかし少年は予想外のことを口にした。

「銀行強盗犯か？」

その瞬間、車内の空気が変わった。全乗客から驚いた目を向けられる。

「そ、そんなわけないだろ」

「いや怪しい。お前は銀行に押し入って金を奪おうとしたが失敗したんだ。それで逃げている最中、このバスを見つけた。そうでなきゃカラーボールなんてぶつけられねえ」

バスに乗って逃げようとしたのはその通りだが、話が大きくなりすぎている。

「だから俺は……」

なぜか少年は一歩後ろに下がった。

「おい……まさか銃なんて持ってないだろうな」

「持ってねえよ！」

「本当か？」

どっちが脅されているのか分からなくなってきた。

修一は呆《あき》れた顔を見せる。

「当たり前だろ。それに俺は銀行強盗犯じゃねえよ」

「じゃあなんだ」

ますます言いづらくなった——ただの万引き未遂だとは。話せば絶対に馬鹿にされる。

プライドの高い修一にとってそれだけは耐えられない。

「な、何か企《たくら》んでいるだろう」

「別に」

「嘘つけ！」

何なんだコイツは。ただの馬鹿か？

その時、修一は思った。

今、コイツは俺を恐れている。うまくやれば逃げ出せるのではないかと。

しかし、その計算はもろくも崩れ去った。彼がとんでもないことを言い出したのだ。

「このままここに座らせておくと何をやらかすか分からねえな」

だったら下ろせよ、と言いかけた時。

「いいこと思いついた。お前、バスの運転しろ」

「はあ？」

修一は思わず大声を上げた。

「そんなんできるわけないだろ」

「免許は」

「一応はあるけど……」

取りたてである。そのうえ免許をとってからは全然運転していない。

「だったらできるはずだ。さあ運転しろ」

「普通の車とバスじゃ全然違うだろ」

確かにゲーセンでバスの運転はしたことあるが、あくまであれはゲームだった。

「知るかそんなもん」

「俺を下ろしておいた方が安全だぜ」

「やっぱり銀行強盗か。だったら後で使えるかもな。下ろすわけにはいかない。早く運転席に行け。お前も共犯にしてやる」

ダメだ。何を言っても悪い方へと向かう。

「早く！」

バリバリバリと青い光が顔の傍で飛び散った。

「これを喰《く》らえば一発で気絶だぞ」

運転なんてする自信などない。

「は、早くしろよ！」

焦《じ》れた少年は、本気か脅しか、右手に持っているナイフを振り下ろしてきた。刃は修一の手にしたダウンジャケットを切り裂く。中から大量の羽と綿が飛び出した。五人組の女子が、悲鳴を上げた。

「わ、分かったよ」

奴を少し甘く見ていたのかもしれない。修一は真顔で立ち上がり、運転席に歩いていく。

「事故っても知らねえぞ」

「そしたらお前の命はない」

修一は小さく舌打ちした。

二人は、料金を払う機械の前に立つ。少年が後ろから命令を飛ばした。

「おい運転手、一旦《いったん》バス停めろ。コイツと交代だ」

運転手は一瞥《いちべつ》し、弱々しい声を出した。

「無茶ですよ。それとも大型免許持ってるんですか？」

「持ってない」

と修一が答えると、運転手は首を振った。

「だったら無理ですよ。それだけは勘弁してください」

「そうだよ。アンタからも、もっと言ってやってくれよ」

「いいからどけ。死にたいのか。殺すのなんて簡単なんだぞ」

殺す、という言葉に反応した運転手は、仕方なくバスを道端に停めた。

景色を見ると、実は未《ま》だそんなに走っていないことが分かった。

現在、国道6号線、学園通り。左手には畑が広がり、右手には市立図書館や市立中学、そして養護学校が建っている。通行人はチラホラといるが、中の様子には気づいていない。目が合うだけでも違うのだが。

「運転手は操作の指示をしろ」

「はい……」

修一は少年に背中を軽く押された。

「よし、交代しろ」

ムカツクので表情には出さないが、内心緊張していた。

運転なんて普通に無理だ……。

大きく息を吐き出し席に座った修一は、ハンドルを握る前に右側に設置されている様々なボタンを確認した。

扉の開閉。車内の空調。車内放送の操作盤。

「余計なモノいじるなよ」

少年が横から口を出してくる。

うるせえ、と修一は呟《つぶや》く。

「大丈夫ですか？」

運転手が心配そうに聞いてくる。

「ま、任せろ」

と答え、修一は足元を確認した。

悪い予感は的中した。

「やっぱマニュアルかよ」

免許取りたてとはいえ、感覚を忘れてしまっている。しかも運転したことのない『大型バス』だ。

「さあ早く出発させろ」

「分かってるよ」

横に立つ運転手が細かい説明をしてくる。

「まずブレーキを踏みながらパーキングブレーキを解除してください」

運転手は、左手にあるレバーを指さした。

「これです」

修一は、言われた通りブレーキを踏みながらパーキングブレーキに手を伸ばし、恐る恐る解除した。そして、指示を出される前にクラッチを踏んでシフトレバーを1速に持っていき、右足をブレーキからアクセルに移動させる。

動いた、と思ったその直後、バスは突然停止した。後ろから少年の笑い声が響く。

「だせ〜エンストかよ」

馬鹿にされたことに腹を立てた修一はエンジンをかけ直す。

「本当に大丈夫ですか？」

「話しかけるな！　集中させろ！」

と吐き捨て、大きなハンドルを両手で握りしめ、同じ動作をする。今度は、ゆっくりであるがバスが動き出した。あとは普通車と同じ要領であった。スピードを上げ、2速にシフトをチェンジさせる。だが、横幅が広すぎる。左側の感覚が全く摑《つか》めない。まだまだ余裕があるのだろうが、電柱にぶつかりそうな気がしてならない。そのため、バスは中央線を少し越えて走る。対向車がいないので問題はないが、明らかに不自然であった。

意外とやれるじゃん、と調子に乗った修一はアクセルを踏み込む。それに応じてスピードは上昇していく。

「慎重にお願いしますよ。曲がる時は巻き込みに十分注意してくださいよ」

気が気ではないといった様子の運転手。

「アンタは東京までの道のりを指示してくれ」

「私もあまり自信ないですが……」

「俺は運転でそれどころじゃないんだよ」

「わ、分かりました」

まだまだおぼつかない運転ではあるが、バスは茨城県警察学校を通り過ぎ、東茨城郡茨城町に入る。このあたりから映えた景色は消え、製作所や工場といった建物が目立ち始めた。

あまり通ったことのない風景が珍しく、状況を忘れていた修一は脇見運転で赤信号を見逃していた。

「停まって！」

と運転手の声が飛び、修一は慌ててブレーキを踏む。スピードがそれほど出ていなかったので揺れは激しくなかったものの、微《かす》かに女の子の悲鳴が聞こえてきた。

「しっかり運転しろよ」

運転手の横に立つ少年にそう言われ、

「分かってる」

と口を尖《とが》らせた。青信号に変わり、運転を再開する。

この時、修一の脳裏に閃《ひらめ》いたアイディアがあった。

修一は改めて扉の開閉ボタンをチェックする。そして、未だ百メートルほど先の信号が赤だというのに、スピードを上げていった。

「大丈夫ですか？」

運転手の問いかけにも答えない。ただただアクセルを踏み込んでいく。そして、スピードメーターが50を示したと同時に、修一は思い切りブレーキを踏んだ。急ブレーキのかかった車内は大きく揺れ、乗客全員の悲鳴が上がる。吊革《つりかわ》同士が当たる音。運転手は前に投げ出され、痛々しい声を出す。シートベルトを外した修一は扉の開閉ボタンを押し、逃げようと立ち上がった。しかし、すぐに足を止められた。少年だけは修一の作戦を予知していたのか手すりに摑まり、扉の前に移動したのだ。

「へへへ。残念だったね」

コイツ……。

修一は悔しそうにハンドルを叩《たた》き座席に腰を下ろした。

車内にはなぜか、バス停を知らせるアナウンスが流れている。扉のボタンと一緒に、どうやら押してしまっていたようだ。

「早く扉を閉めて運転しろよ」

言われた通りにするしかなかった。シートベルトをかけ直した修一は再びエンジンをかけた。

「そうだ」

と突然、少年が呟き、後ろの方へ歩いていく。何をするのかと思いきや、少年はリュックを背負った小学校低学年と思われる男の子を連れてきた。

少年に背中を押され、男の子は修一の前に立つ。怖いのだろう、ずっと俯《うつむ》いている。

青いセーターに茶色いズボン。

揃った前髪にパッチリとした大きな目。赤いほっぺたが子供らしい。

「この子を、どうすんだよ」

そう尋ねると少年は不気味な笑みを浮かべながら言った。

「今度下手なマネしたら、この子を殺す。そうでもしないとまた何かやらかしそうだからな」

さすがの修一もそれには困ってしまった。

俺のせいにされたらたまったもんじゃない。

「きたねえ野郎……」

これで完全に逃げられなくなった。

マジで東京まで行くことになるのかよ。

「さあ、行けよ」

修一は仕方なく、アクセルを踏んだのだった。

13．沼田→東京　03

運転手の首元から出刃包丁を一旦《いったん》離した直巳はメガネを直し、腕時計を確認した。
男性の乗客を下ろし、バスが再び走りだしてから早一時間。バスは、高崎市に入ってい
た。関越《かんえつ》自動車道を通り越してからはこれといって目立つ建物はなく、
「意外に地味なんですね」
と直巳は独り言を呟く。
高崎市は、初めてのはずだ。
生まれ育った沼田市からほとんど出たことがない直巳にとっては、景色が地味とはいえ
新鮮であった。牢屋《ろうや》の中から出た気分だ。
僕は今、自由だ。
みんな、今頃どうしてる？　僕は順調に東京へと向かっているよ。
今のところ、警察に気づかれている様子はない。途中で下ろした男たちはしっかり約束
を守っているようだ。人質がいるのだ。当然下手な行動はできまい。
警察署を通り過ぎても、直巳は平然と構えていた。
捕まえられるものなら捕まえてみろ。

もし万が一、目的地に着く前に計画が失敗しそうになったらこのバスは爆発させる。それはそれで、世間に名を轟《とどろ》かせることができるだろう。

四人に背中を向けていた直巳は振り返る。

二人の主婦と一人の若い女性は一斉に目をそらす。

「そんなに僕が嫌いですか?」

三人は下を向いたまま答えない。よほど包丁が怖いのか、微動だにしない。

直巳は、佳奈と呼ばれていた女の子の前に屈《かが》み、ピンクのワンピースを眺めた。

「かわいいね」

褒めてやっても、佳奈はニコリともしない。指先が、小刻みに震えている。直巳は佳奈の頭に手を置いて立ち上がった。

ここでも、僕は相手にされない。

しかしそれは今に始まったことではない。

小学校低学年の時には女みたいな名前だとイジメられた。だが、まだイジメられていた方がマシだった。高学年になると気持ち悪いと敬遠され、一人、また一人と近づいてこなくなった。

家族すら、僕を見てはくれない。

今頃三人は、父の実家にいるだろう。息子が、まさかバスジャックをしているとは知らず。

これは親への復讐《ふくしゅう》でもある。十五年間も放ってきたのだ。罰を受けるべきだ。明日には、警察やマスコミに囲まれているはずだ。

直巳は、再び前に向き直る。その瞬間、直巳の全身に稲妻のような衝撃が走った。

前方に架かっている高架線路に、新幹線が通った。

直巳はまさかと、周りの景色を確認する。

「もしかして……ここは」

ほとんど薄れていた記憶が脳裏に蘇《よみがえ》った。

周りはすっかり変わってしまっているが間違いない。家族四人でここを通っている。絵美は未《ま》だ二歳だった。何の目的でここを通ったのかは忘れてしまったが、あの新幹線だけはしっかりと憶《おぼ》えている。

僕は……四歳の僕は初めて見る新幹線に興奮し、はしゃいでいた。

十一年前、僕はここに来ていた。

ただ一つ残った家族の想い出。

いつ頃から、おかしくなってしまったのだろう。

直巳はこの時ふと思った。

この計画がなくても、僕はいずれにせよバスジャックをしていたかもしれない。

この景色を思い出した時、今の自分が失ってしまったものの大きさのあまり……。背後にいる人質が動いた気がし、直巳は咄嗟《とっさ》に振り返る。若い女性がただ、座り直しただけであった。

直巳が冷たく睨《にら》み付けると、女性の表情は青ざめていく。直巳は、フッと鼻を鳴らした。

「もっと楽にしていてください。何もしなければ危害は加えませんから」

安心させても女性は落ち着かない様子であった。みるみるうちに、顔が汗まみれになっていく。

14・銚子→東京 03

いつの間にか険悪なムードは消え去り、定岡道彦と桜木亜弥が乗るバスには微妙な空気が漂っていた。亜弥は、顔を伏せている。道彦は、まともに彼女を見ることができなかった。

『僕と一緒に東京タワーへ行きましょう』

自分の言った台詞《せりふ》に赤面する。あれ以来気まずい雰囲気になってしまっているが、緊張しすぎていて何を話しかけたらよいのか分からない。道彦は、亜弥の姿をチラチラ窺《うかが》うばかりだった。

バスは依然、旭市を走っている。向かって左手に大きな地方卸売市場が広がっているが、道彦は今、景色どころではなかった。

サクラギアヤ。

いい名前だ。それに何て可愛らしい人なんだ。一目見た時、心臓が締めつけられ全身が熱くなった。生まれて初めての感情だった。

これが、『人』を好きになるということか？　彼女を見るたびに胸が高鳴る。でも、じっと見ていられない。頭の中はもう彼女一色だ。

今は、バスジャックのことも仲間たちのことも考えられない。もっともっと一緒にいたい。

「あの……アヤさん？」

勇気を出して名前で呼ぶと亜弥は、

「はい……」

と顔を上げた。

初めて二人はまともに目を合わす。その時道彦は、誰かに似てると思い、まじまじと見つめる。

すぐに、その顔は浮かんできた。

道彦が愛してやまない『プリンセス・ナナ』というアニメの主人公であるナナにそっくく

りなのだ。昼は女子高生、夜は悪と戦う魔法少女なのだが、正体を隠している昼の顔にそっくりだ。いや、デザインメガネといい大きな目といい髪型といい、彼女そのものではないか。

「な、何でしょうか？」

と聞かれ道彦は息をのみ、思い切って言ってみた。

「メガネ、外してみてもらえますか？」

「え？」

「い、いいから」

すると彼女は下を向きながらメガネを外し、再び顔を上げた。

道彦は更なる衝撃を受けた。

ナナ本人ではないかというほどそっくりなのだ。

ということは彼女が正義で僕が悪？

それでもいい。ナナにやっつけられるのなら本望だ。

まさに運命。僕と彼女が出会ったのは偶然ではなく必然。

もしかしたら、ずっと二人でいられるかもしれない……。

妄想の真っ直中《ただなか》にいた道彦は、突然現実に引き戻された。

「本当に、高速は使わないんですね？」

運転手がそう聞いてきたのだ。夢を壊された道彦は、

「いいからそのまま走って」

と乱暴に返す。

「メガネかけてもいいですか？　全く見えなくなっちゃうので」

困り顔の彼女もたまらなくかわいかった。

「ご、ごめんなさい。どうぞ……」

道彦は、彼女の一つひとつの動作を見守る。

もっともっと話がしたい。

でもここにいると運転手が視界に入って邪魔だ。

道彦は、何度も深呼吸してから言った。

「アヤさん、一番後ろの席に移動しましょう」

亜弥はしばらく考え、

「は、はい……」

と頷《うなず》き立ち上がった。

二人は、五、六人が座れる長椅子の真ん中に腰掛ける。

亜弥に急接近した道彦の手は汗でびっしょりだ。急に瞬《まばた》きの回数が多くなり、息が荒くなる。

「すみません……」

亜弥の口が開き、道彦はハッとなる。彼女は言いづらそうにこう口にした。

「ナイフ、下げてもらえませんか？」

そう言われ、道彦は彼女とナイフを見比べる。

気づかぬうちに、彼女の顔にナイフを向けていた。慌ててナイフを下げる。

「ご、ごめんなさい」

彼女を怖がらせてしまうなんて……。

道彦は心底落ち込んでしまった。再び、二人の間に会話がなくなった。

15．三島→東京 03

現在、時刻は午後一時半。『サエキ』になりきった東原藤悟を乗せたバスは三島市を抜け神奈川県足柄《あしがら》郡箱根町を走っていた。つい先ほど、あたり一面に広がる箱根山を通り過ぎ、たった今『箱根湯本《ゆもと》駅』を通過した。右左どちらを向いても旅館やホテルだらけで、微《かす》かに硫黄《いおう》の臭いがする。お寺か神社が近くにあるのか、振《ふ》り袖《そで》を着た女性の姿も目立っている。

標識に、小田原《おだわら》の文字が出てきた。思ったよりも早いペースではないだろうか。国道とはいえかなり空《す》いている状況なので、このまま行けばあと三時間もかからないうちに東京タワーに着くかもしれない。

藤悟は携帯電話を手にし、自分たちの掲示板に入る。

『ナオです。僕も今東京を目指しているよ』

そこで書き込みはストップしている。未《ま》だ、何も書いていないメンバーもいる。そんな余裕はないのか。それとも断念してしまったか。

現段階で計画を実行していると思われるのは、ナオ、ドウ、セージ。

できればみんなに会ってみたい。長い期間、ずっと一緒にいた仲間なのだから。

液晶画面を見ていると、前から二番目に座る男性客が動いたのが目の端に映った。警戒心を緩めていた藤悟は咄嗟にボウガンを向ける。男性は驚きスッと両手を上げた。どうやらただ座り直しただけのようだ。

「う、撃たないでください……」

怯《おび》えた声を発する男性に、藤悟はボウガンを下げた。すると、一番前の左側の席に座っている白髪交じりの中年男性が、

「君」

と声をかけてきた。男性は、深刻な口調でこう言ってきた。

「もう、こんなことやめないか？　見たところ未だ中学生か高校生だろう？　こんなこと

で将来を台無しにするのはもったいないとは思わないか？」

　ここまできて止める訳にはいかない、と言おうとしたその時だ。

　またも、一番後ろにいる老人グループに邪魔された。よほど面白い話が出たのか爆笑しだしたのだ。気がつけば煎餅《せんべい》まで食べているではないか。

　ずっと聞こえないふりで我慢してきたつもりだった。頭の中では存在を消したはずだ。だがやはり無視しきれない。どうしてもあの緊張感のない話し声と笑いが耳につく。

　湯河原を通り越していることにも気づいていない。人質だということも分かっていない。ボケているのではないか……？『サエキ』の物語に集中できない藤悟に対し、先ほどの中年男性は真面目に説得してくる。

「このバスにはお年寄りも多い。長時間乗っていたら何が起こるか分からないよ。今ならまだ罪は軽くすむはずだ。頼むからもうこんなことは止めてくれ」

　藤悟が考えた仕草を見せると、乗客たちから期待に満ちた目が向けられる。藤悟は、クールに言い放った。

「バカか」

　その一言で、乗客たちは一斉に絶望した表情になる。

「そんな生ぬるい説得で俺を止められるとでも思っているのか？」

「しかし、いずれ警察だって……」

藤悟はそれ以上、男性に意見させなかった。

「黙れ」

ボウガンを向けると、男性はギュッと目を瞑《つぶ》る。

これだ。今俺は、完全に『サエキ』と重なっている。

「俺に失敗の文字はない。与えられた任務は……」

必ず成功させる、と決め台詞《ぜりふ》を言おうとしたその時だった。

「トメさん！」

老人の慌てた声。その途端、車内がざわつく。藤悟の目に映るのは例の老人グループ。

その一人が、座席にもたれかかるようにしてグッタリとしているのだ。

さっきまであんなにも元気だったのに。藤悟は呆然《ぼうぜん》としたまま動けない。

老人たちは心配そうに、

「トメさん？　トメさん！」

と声をかける。老女は苦しそうに心臓のあたりを押さえて呻《うめ》いている。

グループの一人が混乱しながら呼びかけた。

「救急車を呼んでください！　トメさんは心臓が弱いんです」

乗客たちの怒りに満ちた視線が藤悟に一斉に集まった。

「な、何だよ……俺のせいかよ」

あたふたする藤悟に、先ほど説得してきた中年男性が叱咤《しった》した。

「そんなこと言っている場合じゃない！　一刻を争う事態なんだぞ！　このまま放っておけばあのお年寄りは死んでしまうかもしれないんだ！　早く助けてあげないと！」

「わ、分かってるよ！」

死ねばいいなんて思ってない。自分だって助けなければならないって思っている。

そう、『サエキ』は人を助けることだってするんだ。あれは確か『スパイ2』であった。滅多にない救出任務。『サエキ』は一度のミスもなく、敵に気づかれることもなく完璧《かんぺき》にこなした。

自分だって……。

しかし、頭がこんがらがって最善の方法が思いつかない。

話しかけてきた中年男性の方がよほど冷静だった。

彼は立ち上がり、乗客に呼びかける。

「医者か看護師の方はいらっしゃいませんか？」

誰も手を上げない。

「おい！　勝手に仕切るなよ！」

「未だそんなことにこだわっているのか！」

二人は、にらみ合う。藤悟は必死に考えた。

医者か看護師がいないなら……。

藤悟は、運転手に命令した。

「病院を探せ。もっとスピード上げろ！」

「は、はい」

バスは、国道1号線を猛スピードで走る。

老女は、未だ苦しそうだ。老人グループは両手を合わせて祈っている。泣いている者までいる。

中年男性はいてもたってもいられないというように、苦しんでいる老女の下に駆け寄る。

「お婆ちゃん？　大丈夫ですか？」

少しは落ち着いてきたのか、老女は小さく手を上げる。藤悟はそのやり取りを固唾《かたず》をのんで見守る。

「病院はまだか！」

追いつめられていた藤悟は運転手に詰め寄る。

「見当たらないんだ……」

「よく探せよ！」

藤悟は舌打ちし、再び老女に目をやる。苦しそうな表情を浮かべながら口で大きく呼吸している。

果たして大丈夫なのだろうか？　藤悟は必死に手の震えを隠していた。

バスは、小田原市に入った。しかし未だ病院は見つからない。周りにほとんど建物がないのだ。

もう少し街に出なければ見つからないのか、と思ったその矢先だった。向かって左に大きな病院を発見した。

運転手はぐっとハンドルを切る。観光バスが病院の前に停まるのは奇妙な光景だった。

正月とあって見舞い客は見当たらない。病院も休みなのではないかと心配したが、看護師が中にいるのが見えた。

「扉を開けろ」

藤悟が指示を下す前に後ろの扉が開く。

「お婆ちゃん？　大丈夫ですか？」

中年男性が問いかけると老女はしっかりと頷《うなず》いた。それを見て藤悟はひとまず安心する。

「美枝子《みえこ》！　美枝子！」

大声を出したのは中年男性。その声に反応した妻と思われる女性が立ち上がり駆け寄った。

「お前は足を持って」

二人は老女の身体を持ち上げ、外に下りていく。その後ろに老人グループも続く。藤悟と残りの乗客は運ばれていく老女の姿を目で追っていく。中に入ると、その姿も見えなくなった。

あの様子なら大丈夫だろうと、藤悟は安堵《あんど》した。

車内は、妙にシンとなる。

そこで藤悟はあることに気がついた。

「あの野郎！」

説教してきたあの男。うまく逃げやがった……。

まあいい。これで邪魔者はいなくなった。ここからが本当のスタートだ。

サングラスの奥の目つきが変わる。藤悟は、『サエキ』口調で運転手に言った。

「何ぐずぐずしている。行くぞ。東京へ向かうんだ」

乗客たちの怯《おび》えた顔。藤悟は壁によりかかりキザなポーズを取る。しかし内心、胸躍っていた。

今の自分が、恰好《かっこう》良すぎると……。

16. 那須→東京 03

嫌な予感が、的中してしまった。少年が乗客に傷を負わせたのだ。戻ってきた少年は包

丁についた血をシートで拭《ぬぐ》い、

「俺に逆らうとこうなるんだ」

と興奮しながら言った。耕助は何も返せず、ただ運転することしかできなかった。

「分かったな？　お前も余計なことはせず東京へ向かえ」

「はい……」

彼は本気だ。目を見れば分かる。どんよりと異様に濁った瞳《ひとみ》をしている。

段々苛《いら》ついてきているように見えるのは気のせいか？　息づかいも荒くなってきている。

喋《しゃべ》り方も最初と比べるとおかしい。舌がちゃんと回っていないような……。

まさか、覚醒剤《かくせいざい》？

バカな。こんな少年が。

いや、でもニュースやワイドショーを観ていると、そんな話題はいくらでもあるではないか。今、簡単に麻薬や覚醒剤が手に入ると。

もし万が一、麻薬もしくは覚醒剤使用者ならいっそう危険だ。薬が切れた時どうなるか。

やはり周囲の人々に知らせるべきか。現に一人、軽い傷とはいえ負傷者が出てしまった。

車内には小さな女の子もいる。

全員が、殺されてしまう前に。

耕助は、気づかれないようにそっと右手を離した。

「おい！」

後ろから声をかけられ、耕助の背中に冷たいものが走る。

少年は言った。

「ちゃんと東京に向かっているんだろうな」

その言葉を聞き、耕助は生唾《なまつば》をゴクリと飲む。

「はい。そのはずなんですが……」

この時だ。ずっと走っていた国道4号線から一般道路に変わっているのに気がついたのは。

いつの間にか周りにはゴルフ場が広がっている。まさか、山の方へ向かっている？

標識をしっかり確認しながら走っていたはずだ。なのにどうして一般道に変わっているのだ。

あまりのパニックに標識を見落としたか？

「おい。どうした」

心の中を読まれたか。

耕助は平静を装い、

「大丈夫です。ちゃんと到着させます」

と答えた。

汗がドッと噴き出てくる。

標識はどこだ。

しかしこういう時に限ってなかなか出てきてはくれない。

もしこのまま別の場所に迷い込んでしまったらそれこそ命が危ない。

Uターンした方が無難か？

その時、ヒンヤリとした平べったいものが首にあてられた。すぐに、包丁だと気づいた。

「何が何でも東京へ行け。いいな」

耕助は大きく息を吐き出し、か細い声で答えた。

「分かってます……」

包丁が離れても頭に浮かぶ嫌な映像。

このままじゃ殺される。

耕助の精神状態は極限に達していた。

17. 水戸→東京 04

現在の時刻は？　あれからどれくらいの距離を進んだのか？　全く見当がつかない。運転に慣れていないせいか、早くも精神的疲労が溜《た》まってきている。

右手に広がっているのは牛久沼《うしくぬま》だという。左側には常磐線《じょうばん》。

全く見たことのない景色だ。

それもそのはずだった。隣に立つ運転手の案内でここまでやってきたのだが、標識にちらほら『千葉県』と書かれてあるのだ。千葉までもう少し距離はあるようだが、確実に東京に近づいている。

それから更に走っていくと、前方に大利根《おおとね》橋と書かれた橋が見えてきた。修一は一定の速度で橋を渡った。と同時に、バスは茨城県を抜け、千葉県に入った。ということは隣はもう、東京都だ。

逃げる手段を失い運転に集中していた修一は、

「いま何時？」

と運転手に尋ねる。

「二時十分前です」

「もうそんな経ったのかよ」

それもそのはずだった。運転しっぱなしの修一はさすがに疲れていた。

赤で停まるたびに身体をほぐす。

最初はおぼつかない運転だったがしばらくすると慣れてくるもので、真っ直ぐの道なら危なげなく運転をこなせるようになっていた。

修一は大きくあくびをする。

ふと、どこからか見られていると感じ横を向くと、ワゴンの助手席に乗った若い女性がこちらを凝視していた。目が合うとすぐにそらしたが、チラチラ窺《うかが》っているのが分かる。不審に思うのは当たり前であった。羽の出た白いダウンを着た男が大型バスを運転しているのだから。

しかし、警察に通報しろ、とは思わなくなっていた。

別に、子供の命がかかっているからではない。自分はただ命令されて運転しているだけだし、このまま走っていれば危害を加えてきそうな感じでもないのだから。

なぜか、ここまできたらとことんやってやろうという気持ちになっていたのだ。

もちろん、助けが来るにこしたことはないが……。

「このまま走ってればいいの？」

そう尋ねると運転手は自信無さそうに答えた。

「大丈夫だと思います」

青信号に変わり、修一はハンドルを握る。

「おい」

自分が呼ばれているのだと気づいた少年は、子供にナイフを向けたまま返事する。

「なんだ」

修一は前を見ながら疲れ果てた声を出す。

「そろそろ少し休憩しねえ？」

少年はバカにしたようにフッと笑った。

「おい。未《ま》だ自分の立場がわかってねえようだな」

即答され、修一はクソガキと聞こえないように吐き捨てる。

「もう逃げねえよ。東京タワーまで行ってやるよ。だから少しくらい休ませろよ」

「ダメだ。黙って運転してろよ」

「それによ、いい加減子供をびびらすのはやめたら？　ションベンちびっちまうぞ」

あまり挑発しない方が、と運転手が耳元で囁《ささや》くと、幼い声が聞こえてきた。

「僕は……大丈夫です」

ナイフを向けられている子供が喋ったのだ。調子に乗った修一は子供に、いや遠回しに少年に言った。

「弱い者イジメしないでって言った方がいいぞ？」

その発言に激怒したらしい少年が運転手を押しのけ目の前に立ちはだかった。

「殺されてえのか！」

怯《ひる》みはしなかったが反抗もしなかった。

「子供が先に死ぬことになるぞ」

「子供殺したって何の得にもならねえじゃねえか。さっきも言ったようにちゃんと東京タワーまで行ってやるよ。どうせ逃げられそうにもねえし。着いたら解放してくれるんだろ?」

「さあ」

おい、『さあ』ってなんだよ。

そういえば、気になったことが一つあった。

「おい」

修一が少年に声をかけるたびに運転手はビクリとする。

「その呼び方止めろよ。俺にはちゃんとした名前があるんだ」

「じゃあ教えてくれよ」

少年は案外簡単に名乗った。

「中尾俊介《なかおしゅんすけ》」

「へ〜中尾君ね」

「お前は」

修一も普通に答える。

「奥野修一」

「あっそ」

「どうして人質のお前にそこまで答えなきゃいけないんだよ」

「歳は？」

「どうせ中坊だろ？」

「だから何だってんだよ！」

「別に。何でこんな事件起こしたのかなって思って。今多いじゃん？　中学生の犯罪ってのが」

それに対しては中尾は言葉を返してこない。修一は、ようやく気になっていたことを尋ねた。

「で、何で東京タワーになんて行きたいんだよ。田舎に住んでるから都会に憧《あこが》れてるとか？」

その質問をした途端、中尾の様子が変わる。声から、荒々しさが消えた。

「ち、ちげえよ」

「東京タワーに何かあるとか？」

「それも違う」

逆に修一が苛立《いらだ》つ。

「じゃあ何だよ」

無言の時が流れると、中尾はこう言った。

「別に、俺が決めたわけじゃない」

「は？　何言ってんだ？」

中尾は鬱陶《うっとう》しいというように、

「だから、俺が決めたわけじゃないって」

と繰り返した。

「じゃあ、誰が決めたんだよ」

中尾は堂々と答えた。

「みんなだ」

「みんな？」

修一は首を傾げる。

こいつ、急に訳が分からないことを言い出した。しかし冗談とも思えない。

こちらから聞く前に、彼は語り始めた。

「俺には、多くの仲間がいる。彼らにだけは、何でも話せるんだ」

「幼なじみか？」

と聞くと、中尾は声を張り上げ否定した。

「違う！」

「な、何だよ」

「親よりも、学校の奴らよりも信頼できる存在だ」

修一は、運転に質問に忙しかった。

「だからー、それは誰だって聞いてんの」

「本名は知らない」

「はあ?」

「俺たちは、ハンドルネームで呼び合っている」

ハンドルネーム、という言葉でピンときた。

「ネットか」

中尾の満足そうな声が返ってきた。

「そうだ」

修一はただただ呆《あき》れた。

何が仲間だ。顔も、名前も分からない。本気で仲間だと思っているのか。

話し合っても無駄だ。

「みんなとは最初、フリーの掲示板で知り合って、色々なことを話し合った。そしたらみんな俺と同じように、家族や学校に様々な不満を抱えている奴らばかりだったんだ。中にはイジメられている者もいた。親に相手にされない者もいた。薬の使用者も……」

馬鹿馬鹿しいと、修一は聞き流していた。

「段々お互いのことを知っていった俺たちは、専用の掲示板を作ってそこに集まるようになった。パスワードを入力しなければ入室できない仕組みだ」

修一はバックミラーに映る乗客を見る。

頼む、誰かこのアホの相手をしてやってくれ。

中尾は真剣に語り続ける。

「俺たちは毎日毎日そこでだけは生きていた。そして、世の中への不満を言い合った」

考えがガキだな、と修一は呟《つぶや》いた。

たかが遅刻でバイトはクビになるし、コンビニで万引きがバレるし、俺の方がよほど不幸だ。

金はねえし親はうるさいし大学に通うダチは忙しいからって相手にしてくれねえし……。

「そしたらある日、一人がある提案をしたんだ。俺たちをバカにしている奴らを見返してやろう。俺たちの手で大きなことをしてやろうって」

修一は気の抜けた声で返す。

「で？」

「それがこのバスジャックだ。今日、仲間たちはそれぞれの地点から一斉にバスジャックをし、東京タワーに集まることになっている」

「それぞれの地点？」

「そうだ。ほぼ同時刻に着くよう距離を計りスタート地点を設定した。適度に離れている方が盛り上がるからな。で、俺は水戸市を選択したってわけだ」

一斉にバスジャック？　東京タワーに集まる？

「……マジで言ってんの？」

「当たり前だろ」

修一は鼻で笑った。

「嘘くせえなー」

一瞬真に受けてしまった自分が恥ずかしい。

「お前な、それ騙《だま》されてんだよ。そんな簡単にいくわけねえだろ？」

「嘘なんかじゃない！　みんなと約束したんだ！　数時間後には日本中が大パニックだ」

段々、中尾が哀れに思えてきた。ハメられているに決まっている。ただのせられただけなんだ。このアホはそれが分かっていない。

その上、そんな戯言《たわごと》のせいで自分がこんなことをさせられているのかと思うと情けなくなってきた。

「マジでバスジャックなんかしちまってよ、警察に捕まってからじゃおせえぞ？　今から引き返した方がいいって」

「警察なんか全然怖くない。東京タワーに行くんだ」

ため息しか出てこなかった。

「じゃあ、その仲間とやらがバスジャックしてる証拠でもあるのかよ？　連絡とれるのか？」

そう言うと中尾は自信満々といった表情で、

「とれるさ」

と答え、携帯をいじり始めた。しばらくすると、中尾は歓喜の声を上げた。

「やっぱりみんな東京へ向かってる！」

修一は驚きはしない。

「そんなんどうして分かるんだよ」

「掲示板に書いてあるんだ。これから実行するって。でも」

「でも？」

「一人だけリタイアしたみたいだ。実行できなかったって書いてある。茨城に住んでる奴だ。長野からスタートすることになってた」

「あっそ……」

「未《ま》だ書き込んでないメンバーもいるけど、きっと東京に向かっているさ」

あまりにも頭が悪すぎて、相手しているのが面倒くさくなってきた。

「掲示板なんて好きなこと勝手に書き込めるだろ」

しかし中尾は引き下がらなかった。

「じゃあ、ラジオをつけてみろよ。もしかしたらもう大事件になってるかもしれねえぞ?」

中尾は妙にワクワクとしだした。

「だってさ。運転手さん」

修一が目を向けると、横に立つ運転手は慌ててスイッチを入れた。

しかし、どの局もニュースは流れていない。

「どこが大事件なんだ?」

そう問うても、中尾は未だ仲間を信じ込んでいた。

「流してれば分かるさ。いずれバスジャックのニュースが伝えられる」

「全く……」

もう返す言葉がなかった。

どちらにせよ東京タワーまで行かなければ中尾は納得しないようだ。

ゲームオーバーにならなければ目が覚めないのか。

「あと何キロあんだよ……」

修一は標識を見て、項垂《うなだ》れた。

18・沼田→東京　04

家族との唯一の想い出の場所を越したバスは、依然国道17号線を走っていた。

ふと気づくと、群馬県を抜け埼玉県熊谷《くまがや》市に入っている。向かって右側には大きな工場が並び、左側にはポツリとホームセンターが建っている。その先に見える『ホンダ』と書かれた看板。手前には『ガスト』がある。近くに学校があるのか、子供の絵が描かれた黄色い標識も目立つ。

細かい風景に目をやれるくらい直巳はリラックスしていた。

相手は女と子供。警戒することもない。未だ警察も動いている様子もない。今は初めての景色を十分楽しませてもらおう。

「あとどのくらいですか？」

運転手に尋ねると、

「正直、どのくらいか分かりません。一般道からは行ったことがないもので……」

という答えが返ってくる。

「そうですか。まあ、その調子でお願いします」

群馬を出発して二時間。残り二、三時間だとは思うが。

自分たちの掲示板が気になった直巳は携帯を取りだし、パスワードを入力して〝部屋〟に入った。

新しく書き込んでいるのは、この日初めての『シュン』である。

『書き込み遅れてごめん。俺も順調だ。いま千葉県に入った。みんなはどう？』

その先は未だ誰も書き込んでいない。直巳は親指を素早く動かし、文字を打っていく。

『僕は埼玉を走っているよ。もう少しでみんなに会えるね』

知らず知らずのうちに直巳は微笑んでいた。またも人質たちから視線を感じ、咄嗟《とっさ》に鋭い目を向ける。皆、金縛りにあったかのように固まる。

直巳は時計を確認し、

「そういえば」

と呟く。そして四人にこう言った。

「少しお腹が空きましたね。誰か食べ物持ってますか？」

誰も反応しない。

「今から鞄《かばん》を調べます」

と言ったその途端、並んで座っている二人の主婦のうち一人が小さく手を上げた。

「大福が、一つだけ。それと、アメとガムも」

大福、という言葉を聞いた直巳はニヤリと微笑んだ。

「どうしてそんなもの入ってるんですか。面白いですね、あなた」

「たまたま……です」

「全部出してください」

と指示し、他の三人にも呼びかける。

「もうありませんか？」

返事はない。

「あなた、聞いてますか？」

直巳が声をかけたのは一人で座る若い女性。先ほどからずっと落ち着かない様子のうえ、顔は真っ青で汗まみれだ。呼吸の仕方もおかしい。

「どうしました？　具合でも悪いんですか？」

彼女はブルブルと首を振る。

「いえ……」

「そんな怖がらないでください。楽にしていていいんですよ」

吐息と共に、

「はい」

と言ったのが聞こえた。

「まだまだ先は長いんです。そんなんじゃ身体が保《も》ちませんよ」

メガネを人差し指で持ち上げた直巳は主婦から大福とアメが入った袋、そしてスティックタイプのガムを受け取った。

「みなさんもどうです？　アメかガムほしくありませんか？」

まるで自分の持ち物であるかのように問いかける。目の前に座る佳奈にも聞いた。

「アメいらない？」

すると佳奈は首を振った。

「そう。じゃあ僕一人で頂きますよ」

直巳は四人に背を向けて運転手の横に立つ。

「運転手さんはどうです？　アメかガム」

「いえ、私も結構です」

「そうですか」

「それよりもあの人、大丈夫ですか？」

「はい？」

「あの若い女性。さっきから調子が悪そうですが」

「大丈夫。ちょっと緊張しているだけですよ。そんな心配するよりもちゃんと運転お願いしますよ」

「分かってます」

直巳は、主婦から受け取った大福の袋を開け、景色を見ながら一口、二口とかじる。空腹の今、何を食べてもおいしかった。

食べ終わるのに、二分もかからなかった。口がムズムズすると思い手で触ると、うっすらと白い粉がついている。それを全て払うのに夢中になっていると、バスが停車しようとしていることに気づかず、身体がよろけた。

赤信号である。

直巳は、横断歩道を渡る歩行者を目で追う。青が点滅し始めると、皆駆け足になる。

その時だ。妙な気配を感じた。振り返った直巳は目を剝《む》いて大声を上げる。

「何やってるんですか！」

一人で座っていた若い女性がいつの間にか窓を開けそこから下りようとしているのだ。もう、身体半分は外に出ている。

取り押さえようとした直巳は女性の服を引っ張る。しかし、激しく抵抗する女性の力は凄《すさ》まじく、押さえることができなかった。

プチッと服のボタンが切れると、若い女性は窓から落ち、叫びながら逃げ去っていった。姿が消えるまで目で追っていた直巳は力一杯窓を閉め、ボタンを投げつけた。

「何なんだアイツは！」

ずっと穏やかだった直巳の顔が鬼のような形相に変化していく。

怒りの矛先は、残っている人質に向けられた。

「あなたたちは何をやっていたんですか！　彼女の行動に気づかなかったんですか！」

二人の主婦は答えない。見て見ぬ振りをしていたのは明らかだった。通路を挟んですぐ隣にいたのだから。

直巳は運転手にも詰めよる。

「あなたもです！　バックミラーで気づかなかったんですか！」

「いえ……私は」

「てめえら……俺をコケにしやがって」

お前らまでバカにするつもりか。

直巳は怒りを抑えきれない。

「次は……次はないですよ。もしもう一度こんなことがあれば、僕は知りませんよ」

車内には更に張りつめた空気が流れる。直巳は荒々しい呼吸を繰り返しながら、外部から中の様子を覗《のぞ》かれないように下ろしてある窓のシェードを出刃包丁で切り裂いた。

突然佳奈が泣き出し、直巳は怒声を上げた。

「泣くな！」

一人が脱走し、直巳のバスは最悪の方向へと向かっていた。

19．銚子→東京 04

新東京国際空港を越え、国道51号線に移ったバスは四街道《よつかいどう》市に入り、千葉刑務所付近にきていた。

刑務所、という文字に亜弥はしばらく目を留める。そして、定岡に視線を移す。ずっとこちらを見ていた彼も、この時だけは刑務所の方に身体を向けていた。

今、どんなことを考えているのか。

ふと目が合い、亜弥は咄嗟に俯《うつむ》いた。

もうどれだけの間、沈黙が続いているだろう。ナイフを下げてくれとお願いしてから定岡は喋《しゃべ》らなくなった。

亜弥は、窓からの景色を眺める。バスはちょうど、『千葉駅』の横を通り過ぎた。

千葉駅は久しぶりだ。前にきたのは一年前。陸と一緒だった。確か、買い物をした後に映画を観た。ホラーだったのを憶《おぼ》えている。

しかしこんなにも都会だっただろうか。ビルや高級ホテルが目立つ。あの時は風景をろくに見ていなかったからそう思うだけだろうか。

今頃、陸はどうしているだろう。もう警察に通報しているかもしれない。もしかしたら横や後ろにいる車は覆面パトカーなのかもしれない。

しかし当初よりも、助けてほしいとは思わなくなっていた。隣にいる定岡はこちらに危害を加えてくる様子はない。それ以前に……。

「アヤさん」

突然話しかけられ亜弥はビクリとする。

「は、はい」

「アヤさんは、おいくつなんですか？」

この奇妙な会話にも、もう慣れた。定岡はすっかり自分が犯している罪を忘れてしまっているようだ。

「二十歳ですけど」

「そうですか。僕よりも五つも上なんですね」

「じゃあ、定岡さんは中学生？」

亜弥は何の抵抗もなく質問できるようになっていた。

「そうです」

改めて思う。なぜバスジャックなどしたのだろうか。そんな大それたことを考えるような子には見えないのだが。

「二十歳っていうことは、大学生？」

「ええ」

「そうなんだ」

そこで一旦《いったん》会話が途切れると、定岡は新たな質問をしてきた。

「趣味はなんですか？」

あまりにも普通すぎて逆に戸惑う。

「趣味って言っていいのか分からないけど……洋服を買うのが好きです」

定岡は無理に笑顔を作りこう言った。

「今着てるのもよく似合いますね」

「ど、どうも」

「アニメとかマンガとかは嫌いですか？」

予想外の質問に亜弥は定岡をまじまじと見てしまった。

そんな話をしてくるということは、今話題のアキバ系？　確かに恰好《かっこう》も仕草もそれっぽい。

「そっちの方はあまり分からないです」

むしろ興味はない。

「そうですか……なら、ゲームもやらないですか？」

「ゲームも、あまり」

「そっか……」

残念そうにしているのは気のせいか。

「あの……アヤさん」

それから、亜弥は定岡から質問攻めを受けた。

どこの小学校、中学、高校だったか。そして現在通っている大学名。

誕生日、血液型、好きな食べ物、更には癖まで。全てどうでもよい質問ばかりで、亜弥は疲れ果ててしまった。それでも定岡は楽しそうにしている。

「じゃあアヤさんは……」

次は何だ、とため息を吐いたその時、携帯電話が鳴りだした。

着信音で、明らかに亜弥の携帯だと分かった。迷っていると、

「出ていいですよ」

と定岡は言ってきた。バスジャック犯の顔つきに戻っている。

亜弥は鞄《かばん》の中から携帯を取りだす。液晶には、陸の名前が表示されている。

「もしもし？」

すぐに慌てた声が聞こえてきた。

「亜弥！　大丈夫か！」

彼の声は外に完全に漏れてしまっている。

「全然……大丈夫」

「怪我は」

「してない」

「そうか……良かった」

陸は肝心なことに気づいていないようだ。なぜ人質に取られている状況なのに、電話に出られるのだろうかと。

そこまで考えていたら最初から電話してこないだろうが……。

急に、陸は声をひそめる。

「で、犯人は」

どう答えたらよいのだろう。

「今は……近くには」

「そうか」

定岡が隣にいるので、亜弥からは警察という言葉は出せなかった。

「迷ったんだが……」

長い間《ま》を空けて、陸は言った。

「やっぱり警察に通報したよ。他の乗客たちと話し合って警察署に行った。今きっと、バスを探してる。俺たちもさっきまでずっと警察の人と話をしてたんだ」

助けが向かっていると知っても、亜弥は一切表情には出さなかった。

「そう……」

「で、本当に大丈夫なんだな？」

「うん。心配しないで。じゃあ切るね」

亜弥は一方的に電話を切り、携帯を鞄にしまった。

「一緒にいた、男の人ですか？」

「はい」

「もしかして、彼氏ですか？」

亜弥は迷った。

この子は明らかに私に特別な感情を抱いている。その気持ちがなくなった途端、態度が変わるのではないか。

危険な状況になる可能性だって……。

「違います。ただの友達です」

そう答えると定岡は安心したようにホッと息を吐いた。

「そうですか」

あとは警察に任せておけばいい。普通にしていれば、助かるのだから。

20．三島→東京 04

あの老人たちのせいでとんだ時間ロスをくってしまった。いや、小田原市がただ広かっただけなのか。抜けるまで異様に長く感じたものの、邪魔なエキストラが消えたのだ。良しとしよう。

バスはもうじき平塚《ひらつか》市に入る。東京タワーまであと何キロあるかは分からないが、物語のクライマックスに近づいていることは確かだ。想像するだけで心臓が波打つ。

五十名以上いる人質が恐怖、混乱する中、冷静にただ前だけを見つめる自分。少しでも人質が動けば矢を向ける。

警察が追ってくれば物語は更に盛り上がるだろう。バスとパトカーのカーチェイス。自分は運転手に的確な指示を出す。そして、東京タワーに到着する。

自分はバスに立てこもり、世の中への不満や自分の存在をマスコミに叫ぶ。まるでドラマのようではないか……。

完璧《かんぺき》だ。

あの急病騒動以来、バスの中は静まり返っている。こちらが身体を向けた途端に人質たちは一斉に目を伏せる。

藤悟は満足していた。最初はどうなることかと心配したが、ようやくバスジャックらしくなってきた。

「そんなに俺を怖がらなくていい。安心しろ。アンタらの命は保証する」

今の台詞《せりふ》には我ながら熱いモノを感じた。胸に響いた。

次に藤悟は運転手に話しかけた。

「どうだ？　順調か？」

そんなこと分かりきってはいるが、恰好良い自分を演じたかったのだ。

「ええ」

「その調子で行け」

そう言って藤悟は髪をかき上げ、前方の景色を見据えた。

平塚市に入ったバスは一定の速度で進んでいく。近くに海岸があるのか、閉まってはいるがサーフィンやボディーボードなど、マリンスポーツの道具を売るショップがやけに多い。

いずれ、ジェットスキーという物に乗ってみたい。『サエキ』が敵から逃げる時に使ったのだ。運転をしながら後方に向かって銃を撃つ。弾は的確に敵の心臓を捉《とら》え、ボートが次々と転覆していく。

最終的には自分も『サエキ』のような裏の世界で生きる人間になるのだ。そのためには絶対にこの任務を成功させなければならない。

これは試練でもある。

先ほどまでの出来事は全て無かったことにする。あれは自分のせいじゃない。訳の分からない老人たちのせいだ。

しかし彼らはもういない。

舞台設定は整った。

本当の物語は未だ始まったばかり。

「俺は甘くないぞ……」

と独り言を呟《つぶや》いたその矢先であった。藤悟は、小さな女の子の声に敏感に反応した。

「静かにしろ」

と命令しても声は止まない。

「何をしてるんだ」

藤悟はバス後方の様子を見に行った。すると、青ざめた表情を浮かべながら父親に何かを訴える五、六歳の女の子の姿があった。父親は慌てながら子供の口を必死に押さえている。

「どうしたんだ」

と尋ねても、父親は困った顔を見せるだけ。

「静かにさせろ」

しかし何度言っても子供の耳には届いていない。どうやらそれどころではないようだ。

足をばたつかせる女の子は父親の手を払い、こう繰り返した。

「漏れちゃう漏れちゃうよ！」

それを聞いた藤悟は、呆然《ぼうぜん》とした。その場に立ち尽くしていると父親が懇願してきた。

「娘が、ずっとおしっこを我慢していたようで……」

ボウガンを握る右腕が、ダラリと落ちる。

「お願いします！　トイレに行かせてやってください！」

藤悟はため息交じりに言葉を返す。

「我慢させろよ」

「もう無理みたいです！」

頭に浮かんできた台詞を口にしていいものか迷った。『サエキ』には全く似合わないのだが。

「だったら漏らしちゃえよ」

「そんな……女の子なんですよ」

コイツらも自分の立場が分かっていないようだ。

老人たちと、説教してきた男とその妻を見逃したから完全にナメられているんだ。

「お願いします！」

無視して元の位置に戻ろうとしたのだが、その時女の子の苦しむ顔を見てしまった。もう本当に極限状態のようだ。足元が震えている。

ここで『サエキ』ならどうする。迷っているということは、未だ自分を捨てきれていない証拠だ。

藤悟は仕方ないというように、

「分かった。行け。その代わり一人で行かせる。アンタには残ってもらう」

父親は深々と頭を下げた。

「ありがとうございます」

ちょうど前方にコンビニがあり、藤悟は大声で、

「停まれ！」

と運転手に指示を出した。

急ブレーキがかかり、車内は大きく揺れる。

「扉を開けろ」

後ろの扉が開くと、女の子は藤悟との約束を交わす前に飛び出すようにしてコンビニに向かった。

父親は、ひとまず安心したようにホッと息を吐いた。

コンビニの前に停車して五分が経過した。車内には一切の喋《しゃべ》り声はなく静まり返っている。

「未だか？」

父親を一瞥《いちべつ》し再びコンビニに目をやるとようやく女の子が戻ってきた。

「やっとか」

と女の子に身体を向けたその時だった。

「ど、どけ！」

突然藤悟は後ろから強い力で横に押されよろける。その隙に父親は外にいる女の子を抱いて走り去っていった。

「ま、まて！」

止まるはずがない。そのまま親子の姿は見えなくなってしまった。

「何なんだよ！」

思わず普通の声で叫んでしまった。赤面した藤悟は車内を見渡す。

激怒しているというのに、全員恐れていない。

もう嫌だ。何もかも台無しだ……。

それでも藤悟は前向きに考えた。

そうだ。今のも無かったことにしよう。改めてスタートすればいい。

出発だ。運転手の元へ歩き出そうとした藤悟は、

「すみません」

という乗客の声で動きを止められた。

手を上げているのは四十代女性。隣には旦那《だんな》か。

「なんだ」

女性は顔を強張《こわば》らせ、

「いまメールで連絡があったんです……父が危篤だと」

と、途切れ途切れに言うのだ。

「嘘を言うな」

もう騙《だま》されない。トイレが許されたのだ、そういう理由なら逃げ出せると思ったに決まっている。だが、さっきまでの俺とは違うぞ。

「本当なんです！　信じてください！」

許可するつもりはなかった。今度こそは無視だ。しかし、また違う中年夫婦が手を上げたのだ。

「妻が喘息《ぜんそく》なんです。このままだと発作が出て死んでしまうかもしれない」

更には子供連れの家族も手を上げる。

「僕の子供もずっとお腹の調子が悪いみたいで……」

俺は凶悪なバスジャック犯じゃないのか？

もう怒りも湧いてこなかった。藤悟はその場に立ち尽くす。

手を上げたのは三組だけではなかった。

ここぞとばかり適当な理由をつけて下ろさせてくれと頼む乗客が次々と出てきた。

様々な声が飛び交う。車内は大騒ぎになり、もう藤悟はその全てを聞き取れなくなっていた。

見抜かれている。どんなことがあっても人を傷つけられる人間ではないと。そんな勇気もないだろうと。

騒ぎを抑えられる状態ではなくなっていた。

藤悟は頭を掻《か》き、疲れ切ったようなため息を吐く。

「勘弁してくれよ……」

どうしてこうなるんだ。

コイツらをエキストラにしたのが間違いだった。思い通りにならないのなら居たって仕方ない。邪魔なだけだ。自分の目的はあくまでバスジャックして東京タワーに行くこと。

こんな状態が続いたらいつになっても東京には到着しない。

藤悟は、天井に向かって叫んだ。

「分かったよ！」

騒がしい車内はシンと静まり返る。

藤悟は力の抜けた声で言った。

「もういいよ。全員下りろ」

その答えに乗客たちは戸惑っている。未だ警戒はしているのか、誰も動き出そうとはしない。

「扉開けて」

「ええ?」

運転手でさえ驚いている。

扉が開かれても尚《なお》、全員逃げようとはしない。藤悟は焦《じ》れるように、

「早く行けよ!」

と言い放った。すると、一人二人と荷物を持ち出し、そそくさと外へ下りていった。一分後にはもう、車内は蛻《もぬけ》の殻となっていた。

観光バスにポツリと残された藤悟はサングラスを外し、運転手としばらく見つめ合う。

ただただ虚《むな》しかった。何をやっているんだろう自分は……。

ボーッと突っ立っていると、運転席からクスクスと笑い声が聞こえてきた。藤悟は運転手に歩み寄り怒鳴った。

「な、何がおかしい!」

運転手は藤悟を一瞥し、こう言った。

「いや……別に。ただ、不運だなって」

「ナメてるのか!」

ボウガンを向けると運転手は手を上げ首を振った。

「そういうわけじゃ……でも、人生うまくいかないことってあるんだよな。分かるよ。俺にもそんな時があった」

運転手にさえ馬鹿にされ、それ以上怒る気にもならなかった。

「あなたの話はもういいですよ」

藤悟は運転手にお願いするように言った。

「行ってください。東京まで」

「……いいけどね。君、そんな悪い人間じゃなさそうだし」

想像とまるで違う状況に落ち込んでしまった藤悟は、ドッシリと重い腰を下ろした。

21. 那須→東京 04

水原征治《みずはらせいじ》はある疑問を抱き始めていた。那須を出発して二時間以上が経過したにもかかわらず、未《いま》だ栃木から抜け出していない。高速を使っていないとはいえ時間がかかりすぎなのではないか。

　征治は殺気の満ちた目で運転手を睨《にら》み激しく問い詰める。

「おい！　未《ま》だ栃木じゃねえか！　ちゃんと東京に向かってんだろうな！」

　運転手の怯《おび》えた声が返ってくる。

「は、はい……大丈夫です」

「ワザと道間違って走ってんじゃねえだろうな！　ぶっ殺すぞ！」

　運転手は小刻みに首を振る。

「そんなことはありません」

　征治はゼーゼーと口で息をし、額から流れてくる大量の汗を袖《そで》で拭《ぬぐ》う。

　突然、目の前に数十匹のハエが飛び交う。それが鬱陶《うっとう》しくて征治は包丁で振り払う。

　小さなハエが刃で切り裂かれ一匹、二匹と落ちていくのがたまらなく快感だった。

　今度はどこからか聞こえてくる無数の笑い声。ふと周りを見渡すと人質どもがこちらを見て笑っている。

　ガキまで俺をバカにしている。一番気にくわないのは、真ん中の席に座る男。先ほど、前に座っている人質とコソコソしていた奴だ。

　痛めつけてやったのに未だ足りないか。

　今度は腕じゃなく胸にブッ刺してやる！

「笑うな！」

怒鳴った征治は乱れた視点を男に合わせる。

「殺してやる」

よだれが垂れたのも気づかず、何かに取り憑《つ》かれたように男の下に進んでいく。

その時だ。足元に無数のウジ虫が這《は》っているのに気づき、恐怖した征治は慌てて踏みつける。全て殺し満足した征治は運転手の所に戻り、包丁で脅す。

「おい！　今どこだよ！　早くしろ！」

「今……」

あたふたする運転手は曖昧《あいまい》に答える。

「まず俺が最初に東京タワーに着かなきゃいけないんだ！」

なぜならメンバーの中で自分が一番年上だからだ。一歳違いとはいえ、自分だけが高校生の年齢。最初に着かなきゃ恰好《かっこう》がつかない。

「早くしろよ早く！」

征治はシートを包丁で突き刺した。中から黄色いスポンジが飛び出る。征治にはそれが血に見えていた……。

急に蘇《よみがえ》る昔の記憶。ぼやけた映像が、徐々に鮮明になっていく。

比較的裕福な家庭に生まれた征治は、教育熱心で優しい両親に育てられた。学校では優等生。スポーツもそこそこでき、明るい性格だったので友達も多かった。

そう、何不自由ない生活を送っていた……十五歳までは。

悲劇が起きたのは中三の夏。両親が車で衝突事故を起こしこの世を去った。そこから、征治の人生はおかしくなった。

突然最愛の両親を亡くし独りぼっちになった征治は、教師や友達から優しい言葉をかけられた。その励ましもあって、少しずつ征治は立ち直っていった。しかし、引き取られた先で運命が変わった。

栃木に住む父親の弟夫婦の家で面倒をみてもらうことになったのだが、弟夫婦には子供が三人おり、そのためかどうしても同じようには接してもらえなかった。

一言で言えば、邪魔者だ。

無視されているだけなら未だ良かった。しかし、『他人』の征治が気にくわなかったのか、家族五人からイジメを受けることとなる。食事をする時はいつも別部屋。抜きの時もあった。お風呂《ふろ》は三日に一度しか入らせてもらえなかった。

学校から帰ってくると掃除、洗濯は当たり前。靴磨きまでさせられる時もあった。

当然自分の部屋など与えられず、征治はいつも和室の隅っこにいた。なぜなら、家族が集まるリビングに入ることすら許されなかったからだ。

聞こえてくる五人の笑い声。征治は毎日毎日、両親との楽しかった日々を思い返していた。しかし昔には戻れない。それくらいは分かっていた。だから耐え抜いていくしかない、と思っていた。だが、未だ中学三年だった征治の心はそう強くはなかった。せめて学校で誰か助けてくれれば良かったのだが、転校先には叔父《おじ》夫婦の長男と次男がおり、二人の命令でクラスメイトからは無視され続けた。教師も相談には乗ってくれなかった。

征治がそれでも生きていられたのは、唯一の楽しみを見つけたからだ。いつも一人で寝ている和室に、たまたまパソコンが置かれてあった。五人が寝た頃を見はからい、征治はネットの世界に入り浸るようになった。そこで、今のメンバーと知り合ったのだ。

友達になるのに時間はそうかからなかった。征治は毎日毎日、夜中に彼らと語りあった。皆、同じような不満や悩み、そして怒りを抱いていたからだ。

ここでなら生きていける。みんながいれば現実の世界でもやっていける。

気力を取り戻していた、そんなある日のことだった。征治の下に悪魔が訪れた。学校からの帰り道、突然高校生グループに囲まれ、クスリをやらないかと誘惑されたのだ。

今なら特別にタダ。これをやれば勉強もできるようになるし運動神経もよくなる。空だって飛べるんだ。

甘い言葉を囁《ささや》かれた征治は、思いがけずこう呟《つぶや》いていた。

『強くもなれるのか？』

高校生グループは当たり前だというように頷《うなず》いた。

心地よい場所を見つけ友達ができたとはいえ、征治の心はもうボロボロだった。

強くなれるの一言で征治は、クスリ――その時は未だ覚醒剤《かくせいざい》とは知らなかった――に手を出してしまったのだ。

注射した途端、気分が爽快《そうかい》になり頭が冴《さ》えた。身体の底から力がみなぎり、やれないことはないと思うようになるのだ。

そう、彼らの言うとおり空だって飛べた。

気持ちが良くて堪《たま》らなくなった。まさに天国だった。

しかし、爽快な気分はそう長くは続かなかった。クスリが切れた時地獄が襲ってきたのだ。

身体が怠《だる》くなり、眠くなる。死ぬほど喉《のど》が渇く。

こんな思いは二度としたくはないと思った。

しかし既に、クスリがなければ苦しくなっていたのだ。征治は高校生グループから貰《もら》ったクスリを注射器に移し、再びうった。

すると、たまらない快感がこみ上げた。地獄から天国に復活するのだ。

だが、すぐにまた薬は切れる。やらずにはいられなかった。

最悪なのはこの時だった。薬がもうなかったのだ。

徐々に襲ってくる不安と恐怖。征治は足をふらつかせながら高校生グループを捜した。

彼らは案外簡単に見つかったのだが、一枚のメモを渡された。そこにはある住所が書かれており、征治は急いでそこへ向かった。

着いた先は、ありふれた倉庫だった。中に入ると、暴力団らしき男たちが待っていた。

『これが欲しいのか』

袋に入った白い粉を見た瞬間、征治は男たちに飛びついていた。

『やるから金を持ってこい』

拒否はできなかった。身体がクスリを欲しがっていたからだ。

征治は家に帰り叔母《おば》の財布から金を抜き取ると、倉庫でクスリを手に入れた。

だが、すぐにクスリは尽きた。金を抜き取ったことが叔父にばれ、歯が折れるほどボコボコに殴られた。クスリを買えるならそれくらい我慢できたのだが、財布自体隠されてしまいどうしようもできなかった。

そこで考えたのがひったくりだ。歩いている年寄りから鞄《かばん》を奪い、金を盗《と》る。そして、クスリを買う。その繰り返しだった。覚醒剤をうてるならどんな手段も選ばなかった。

中学を卒業し就職させられた征治は、自分の働いた金でクスリを買うようになった。逆に高校に行かなくて良かったと思ってるほどだ。

最近ではクスリが切れ始めると幻覚、幻聴症状がある。

まさに今だ。ウジ虫を見たり、殺す、死ねと囁かれたり……。

早くクスリをうちたい。注射器と薬は持っている。だが、粉を溶かす水を喉が渇いたあまり飲んでしまった。

「誰か水はないか！」

人質から反応はない。苛立《いらだ》ちはピークを越えていた。このままだと東京に着く前に死んでしまう。

自分でも分かっていた。これ以上クスリを使い続ければ本当に死んでしまうと。

覚醒剤は欲しい。だが怖くもあった。死ぬのが。そして、罪悪感を感じていた。自分を産んでくれた両親に申し訳ないという気持ちは持っている。

だから今回の計画に乗ったのかもしれない。バスジャックをすれば警察に捕まる。そうなればクスリを止められるかもしれない……。

「水出せよ水！」

だが今は使わずにはいられなかった。

「早く出せよ！」

叫び散らす征治は、太股《ふともも》から振動を感じた。

携帯電話のバイブレーターだと理解するのにしばらく時間を要した。ポケットから携帯を取り液晶を見ると、『自宅』の文字。きっと長男の雅也《まさや》からだ。この日の朝、雅也の携帯を黙って持ってきたのだ。

「うるせえよ！」

鳴りやまない携帯に腹を立て、征治は思い切り床に叩《たた》きつけた。その衝撃で電池が飛び、携帯の音は止む。

まさにその瞬間。

赤信号でもないのに、なぜかバスが停止したのだ。目の前には小さな駅。『今市』と書かれてある。そのため前方には道はなく、引き返すしかない状態なのだ。

征治は運転手の耳元で怒鳴る。

「おい！　どうなってんだ！　どうして日光なんだよ！」

「こ、こんなはずは……」

「てめえ！　やっぱり俺をハメてたのか！」

「違います！　違います！　信じてください！」

「だったら早く東京へ行け！　こんど間違ったらぶっ殺すからな！」

「わ、分かりました！」

バスは市立図書館の駐車場に入りＵターンする。

来た道に出るまで征治は運転手を見張っていた。そこにちょっとした油断が生まれた。完全に背後の警戒心は解いていたのだ。

咄嗟《とっさ》に感じた怪しい気配。振り返った途端、先ほど腕を切りつけた男が飛びかかってきた。征治は条件反射で包丁を前に出す。男の腹部に突き刺さった。

「う、うう……」

男は腹を押さえその場に倒れ込む。

「あなた！」

女性の悲鳴。子供の泣き声。

真っ赤な血が、床に流れる。征治は包丁を落とし、頭を抱える。

「お、お前が悪いんだ！　ナメたマネするからだろ！」

唇が震える。あまりの混乱に足から崩れ落ちそうになった。

男は懸命に立ち上がろうとする。

その姿を見ていた征治に、再び幻覚が襲ってきた。

床に這《は》い蹲《つくば》る殺人鬼。また奴だ。俺をまた殺しにきたんだ……。

奇声を上げた征治は運転手の胸ぐらを摑《つか》み命令した。

「バスを停めろ！　また奴がきたんだ！」

運転手は道の端にバスを停めた。

征治は運転手を強引にどかし、座席に座った。

「どうするつもりですか!」

「逃げろ……逃げるんだ!」

バックミラーには殺人鬼の姿。

くる。追ってくる。

征治はハンドルを握りアクセルを踏んだ。しかし、少しずつしか動かない。まるで何かがひっかかったような感覚。

「危ないですよ!」

「うるせえ! 殺されてえのか!」

征治はサイドブレーキと書かれたレバーを見つけそれを解除した。そして再びアクセルを踏み込む。

急発進したバスは速度を上げていき爆走する。

逃げろ。逃げるんだ……。

遠くから聞こえてくる声。バックミラーを見た征治は甲高い悲鳴を上げた。殺人鬼が立ち上がりこちらにやってくるのだ。

「来るな! 来るなよ!」

征治はハンドルから手を離し顔を覆い隠す。

「危ない！」

その時には既に目の前は電柱だった。

周囲に広がる衝撃音。

電柱に激突したバスのフロントガラスは粉々に割れ、白い煙が上がり出す。ガラスの破片で血だらけになった征治はグッタリと倒れた。ハンドルに頭を強くうち、意識を失ったのだ。

十数分後にやってきた救急車やパトカーの音も、その耳には入っていなかった。

22. 水戸→東京 05

中尾からバスジャックの動機を聞き呆《あき》れ返っていた修一は、黙々とバスの運転をしていた。いつしか操作にも違和感はなくなっている。ただ隣の運転手だけが危なっかしい表情をあらわにしていた。

現在時刻は三時十分前。バスは、千葉県松戸《まつど》市の常磐線『馬橋《まばし》駅』を通り過ぎようとしている。しかし修一にはどのあたりなのか全く分からない。疲労とストレスが蓄積されていく。あと何時間運転すればいいのだ。

運転にも慣れた修一はバスを走らせながらボーッと周囲を見渡す。正月とあって人通りは少なく閑散としている。

つくづく思う。外の世界は平和だ。今このバスの中で何が起きているかなど誰も想像していないだろう。

修一は中尾を一瞥《いちべつ》し、彼の話を思い出す。

ネット仲間が一斉にバスジャックして東京に集まる？　顔も、名前も分からない、ただ掲示板で知り合った人間たちが？

「頭おかしいんじゃねえの？」

しかし、中尾は信じて疑わない。その証拠にまた携帯を取りだし掲示板を確認している。さっきからそればかりだ。傍にいる子供の存在すら忘れている。子供も、もう中尾を怖がってはおらず、携帯の画面に興味を示している。

他の乗客もそうだ。ずっと監視が解かれているのをいいことに、女子五人グループをはじめ、ほぼ全員がコソコソと話をしている。スーツの男と振《ふ》り袖《そで》のカップルと黒いロングコートの中年男性に至っては、他人同士のはずなのに身体を寄せて何かを話し合っているではないか。

何だこの光景は？　そんな余裕があるなら警察に通報しろ。

「マジやってらんねえよ」

と小さく愚痴るとそれが中尾に聞こえたようで、

「何か言ったか？」

と声が飛んできた。

「別に」

中尾はそれ以上何も言ってこず、再び携帯の方に集中しだした。

「で？　そのお仲間たちとやらはちゃんと東京に向かっているのかねえ」

ただ聞いてみただけだ。当然、実行しているなんて思ってもいない。

「当たり前だろ。みんなが裏切るわけないだろ。また書き込み更新されてるし」

おめでたい奴だ。東京タワーに着き、中尾が呆然《ぼうぜん》としている姿が目に浮かぶ。

それを見るのも面白いか……。

「だったら来るかもな」

「やっとお前も信じてきたか」

修一は、バカと口だけを動かした。

「だけど未《ま》だお前らのニュース流れねえぞ。やっぱり全員諦《あきら》めたんじゃねえのか？」

「そんな訳ねえよ」

二人が黙ると、ラジオの音だけが車内に広がる。正月特番の放送が終わると、ニュースが流れた。

『ニュースをお伝えします……』

しかし、どれも中尾とは関係なく、しかも明るい話題ばかりだ。バスジャック事件が伝えられる気配は微塵《みじん》も感じられない。

「みんな警察にバレずに上手《うま》くやっているのかねえ」

中尾をからかう修一は、最後のニュースに耳を傾けた。

『今日午前十一時半頃、茨城県水戸市渡里《わたり》町にあるコンビニで強盗事件が発生しました』

地元で起きた事件に全乗客が敏感に反応する。

修一は、

「コンビニ……」

と顔を顰《しか》める。

『犯人はコンビニに入りおにぎりを奪って逃走。追いかけた店員ともみあいになり、店員は頭に怪我を負わされ軽傷。犯人は逃走したとのことです』

サーッと血の気が引いていく。場所といい内容といい、数時間前に自分がやったこととバッチリと重なるのだ。

傷害?

冷や汗がジワリと滲《にじ》む。

嘘だ……そんなはずは。

ただ似ているだけだ。

『犯人は二十歳くらい。カラーボールの黄色い蛍光液が付着した白いダウンジャケットを着ているとのことです。茨城県警は今も男の行方を追っています。以上、ニュースをお伝えしました』

修一は自分が身につけていた物を確認する。

蛍光液のついたダウンジャケット？

「黄色のだ……」

確信した途端、抑えられないほどの焦燥感にかられる。

ふと気づくと、車内は静まり返っていた。全員の視線を感じる。長い長い沈黙が続く。

初めに口を開いたのは中尾だった。

「今の……お前じゃねえ？」

深呼吸しても気を静めることができず、修一は言葉を返せない。

「明らかにそうだろ」

修一は必死にごまかす。

「ち、ちげえよ」

「嘘つけ。お前しか考えられねえじゃねえか」

段々逃げ道がなくなっていく。

「吐いちゃえよ。あれお前だろ？」

そうだ。警察が追っているのは恐らくこの俺だ。だがあのニュースはどこかおかしい。頭がこんがらがっていて具体的にそれがどこなのか考えられないのだが……。

修一は、開き直るしかなかった。

「そ、そうだよ。俺だよ！　でも何かおかしいんだよ！」

中尾に訴えるが、

「へ～何がおかしいんだ？」

と信じていないような口調でそう尋ねてきた。

「確かに、俺は万引きしたよ」

話しながらニュースの内容と照らし合わせていく。ここまでは間違っていない。

「別に理由もなくおにぎりを盗んだ。で、外に出たら追いかけられたんだ」

未だおかしな部分はない。

「そしたらカラーボールって奴を当てられて、店員に捕まえられて……振り払った」

そうだここだ。自分はただ振り払っただけ。店員が勝手に転んだんだ。ニュースでは故意に怪我をさせたような言い方だったが全然違う。

「そうだよ！　俺は怪我なんてさせてねえぞ！」

いや、怪我はさせたかもしれないが……しかしあんなの怪我と言えるか。

「でもニュースではそう言ってたぞ？」

中尾は未だ信じていない。

「マジだって！　あのクソ店員が嘘ついてるだけなんだって！」

弁解すればするほど中尾からは怪しい目が向けられる。

すると突然、中尾が大声で笑い出した。

「な、何だよ」

「凶悪犯かと思いきや、ただの万引きヤローじゃねえかよ。しかも間抜けな」

カーッと頭に血がのぼる。そのせいで走行が乱れた。逆車線に踏み込んでしまい慌てて元の位置に戻す。

「大丈夫ですか？」

心配する運転手に、

「うるせえよ！」

と怒りをぶつけた。

「警戒して損した。まあバカってのは気づいてたけどな」

年下にとことんコケにされ、修一は言い返さずにはいられなかった。

「お前だって相当バカだけどな。ネットの人間に踊らされてバスジャックなんてしちまってよ」

修一は無理に笑い声を上げた。しかし中尾は挑発にはのってこなかった。

「お前に言われたくないね。ただの万引きヤローに」

修一は舌打ちし口を閉じた。

「器ってもんが違うんだよ。俺らとお前とじゃ。今頃世間は大騒ぎだぜ」

一人で喋《しゃべ》る中尾に横目を向け、

「無視無視」

と修一は呟《つぶや》き、自分のやったことをもう一度最初から思い出した。

故意に怪我なんかさせてない。誤解だ。あの店員がデタラメ言ってるだけだ。

しかしどちらにせよ警察が俺を追っているのは確かだ。

まさかこんな大事《おおごと》になるなんて。

中尾どころではなくなってしまった。

ただの万引きが、とんだことになっちまった。

ニュースのことで頭がいっぱいになっていた修一は、ハンドルを握るだけでしっかりと前を見て運転していなかった。その時、運転手が突然声を上げた。

「あ！　ちょっと！」

ハッと我に返った修一はてっきり赤信号だと勘違いし、思い切りブレーキを踏む。するとバスはタイヤを鳴らしながら大きく揺れ停車した。その瞬間、後ろから強い衝撃を受けた。と同時に、何かが潰《つぶ》れるような音とガラスの割れる音が周囲に響いた。一瞬の出来事に、皆呆然《ぼうぜん》とする。一番後ろに座っている女子五人組は振り返り窓から外を見ている。

修一は口をポカンと開け、運転手、そして中尾と顔を合わせる。

追突事故に間違いなかった。後続車に次々と抜かれていく。

「おいおい……ヤバくねえ？」

と修一は人ごとのように言う。が、脈の回数は確実に跳ね上がっている。

「お前、何やってんだ」

中尾に文句を言われ、修一は運転手を指さす。

「だって停まれって！」

責任をなすりつけられた運転手は必死に否定する。

「いや、私は停まれとは言ってませんよ。車線がずれてたので……」

苛立《いらだ》つ中尾は窓ガラスを強く叩《たた》く。

「そんなことはどうでもいい！　早くしないと警察が来るだろ！　運転を再開しろ！」

その命令に迷いを見せたのは、意外にも運転手だった。

「でも、相手の様子くらいは確認しておいた方が。かなり、強い衝撃だったので」

と言って運転手は後部座席の方に移動しようと一歩踏み出した。しかし、中尾はそれを許さなかった。

「放っておけばいいんだよ。ぐずぐずしてる暇はないんだ」

しかし運転手は職業柄、どうしても放っておくことはできないようだった。

「でも……」

と控えめに反抗する運転手。二人のやり取りを見ていた修一は入り口の方に人影を感じ、視線を向けた。そこには、ニット帽を被《かぶ》った三十代後半と思われる男が首を押さえながら立っていた。顔を引きつらせ、こちらに何度も頭を下げている。中尾も運転手も、その男の姿に気がついた。

「無視だ！　行け！」

と修一に指示する中尾に運転手は、

「とりあえず一言だけでも声をかけといた方が」

と言って勝手に扉のボタンを押した。

「おい！　何してる！」

扉が開くと、何も知らないニット帽の男はバスに足を踏み入れ、

「すみません……」

と頭を下げてきた。表情には怯《おび》えと焦りが交じり、声も情けない。

修一、中尾は口を閉じたまま。運転手は戸惑いを見せる。静まり返っている車中で、男は続ける。

「エンジン系統がおかしくなってしまったのか……車が動かなくなってしまいまして。安全な場所に移動できないんですが、どうしたらよいのでしょうか」

そう言って男は、腕時計を確認し、深いため息を吐いた。

修一は中尾としばらく目を合わせる。しかしそれだけでは合図は伝わってこない。重い沈黙が続く。

男の方も、車内の異変に気づき始める。

「あの……」

男の目は明らかに中尾の凶器をとらえた。次に、運転席に座っている修一。なぜ運転手がハンドルを握っていないのか疑問に感じているはずだった。

中尾と修一を見比べる男は、何かに勘づいたに違いなかった。一歩、後ずさったのだ。

その瞬間、中尾は大声で、

「扉を閉めろ！」

と修一に命令した。修一はその声に咄嗟《とっさ》に反応してしまった。ボタンを押すと、男の逃げ道を塞《ふさ》ぐように扉が閉まった。

「おい。こんな奴、放っておけばいいだろ」

中尾は修一の言葉を受け入れない。

「通報するかもしれない」

いでいるようだった。

「しませんお絶対に。だから、お願いです……下ろしてください」

懇願する男は、こんな状況にもかかわらずしきりに腕時計を確認する。よほど何かで急いでいるようだった。

「どうしたの？」

と修一が尋ねると、男はすぐに事情を説明した。

「私には、今年で六歳になる男の子がいるんですが、妻と離婚して子供は妻が引き取ることになって、それから子供には年に二回しか会えないんです。誕生日の時と」

修一は男の続く言葉を奪いとった。

「今日……正月だな」

「そうです。時間も限られているんですが、車は動かなくなってしまったし」

男はまた袖《そで》を捲《まく》り時計を見る。事件に巻き込まれたことよりも、子供のことを心配している様子だ。運転手は外を確認しながら呟く。

「今日は元日だし、ましてやこんな田舎にタクシーなんて……」

「運が悪いねアンタも。こんなバスに突っ込むなんて」

修一は中尾を一瞥《いちべつ》する。次の瞬間、ずっと俯《うつむ》いていた中尾から、言葉が発せられた。

「子供がいる場所は、ここからどのくらいだ？」

男は怪訝《けげん》な表情を浮かべ、

「大体、二十分くらいでしょうか」

と答える。中尾は静かにこう言った。

「いいよ。そこまで連れていってやる」

一番の驚きを見せたのは修一だった。

「ええ？　マジで言ってんの？　一刻も早く東京タワーに行きたいんじゃなかったのかよ。俺だってこんなクソバスとは早くおさらばしたいんだけどね」

それに、今は他人のことを考えている場合ではない。自分だって追われている身なのだから。

「いいから行けよ」

中尾は本気のようだ。

「何なんだよ。放っておけと言ったり行けと言ったり」

「早くしろ」

修一は口を尖《とが》らせる。

「はいはい分かりましたよ。行けばいいんだろ」

と言ってハンドルを握った。

「でも……私は、どうすれば」

中尾は口を開かない。代わりに修一が答えた。

「よく分からねえけど、とりあえずアンタは道案内して」

「わ、分かりました」

男は複雑な表情を浮かべながら、修一の横に立つ。

「とにかくサツが来る前にここから逃げないとな」

フロント部分が潰れた男の車をその場に残し、バスは再出発したのだった。

23. 沼田↓東京 05

直巳は、味のなくなったガムを床に吐き捨て、新しいガムを口に入れる。ガムを噛《か》む音が、静まり返っている車内には不気味に響いていた。

足元には滅茶苦茶に切り裂かれたシートから飛び出したスポンジ、切断された吊革《つりかわ》。人質がいる周辺は、直巳の手によって荒らされていた。

直巳は未《いま》だ、若い女性に逃げられたことに腹を立てていた。冷静さを失ったせいで、現在どのあたりを走っているのかが分からなくなっていた。標識を見ると『桶川駅《おけがわ》』と書かれてあるが、今はどうでもいい。

「アナタたちも逃げようとしているんじゃないでしょうね！」

妄想が先走る。二人の主婦は身を引きながら首だけを動かし否定する。

「運転手さんもそうですよ。僕を騙《だま》したりはしてないでしょうね！」

「とんでもないです」

人質の方に身体を向ける。すると佳奈は首にかけている赤いポーチを抱え怯えた表情を見せる。

「君も、僕を裏切らないでね」

佳奈は、目を伏せた。

「返事は？」

と言うと佳奈は、

「……はい」

と今にも泣きそうな声で返事をした。

立ち上がった直巳は眉間《みけん》に皺《しわ》を寄せる。そして若い女性が座っていた席を見据えた。

逃げていった映像が脳裏に鮮明に浮かぶ。

「あの女……」

直巳は歯ぎしりしながら再びシートを出刃包丁で切り裂く。パラパラと、スポンジが床に落ちる。

「奴隷のくせしてふざけたことしやがって！　俺の命令をきいていればそれでいいんだ

よ！」

包丁でさらにシートを刺し、窓を蹴《け》っても尚《なお》、怒りは収まらない。

「あの女、警察に通報するに決まってる！　邪魔者が入って計画が失敗したらどうするつもりだ！」

どうしてみんな俺を裏切るんだ。唯一の友達だと思っていた昆虫でさえ、昔俺を裏切ったんだ……。

大切にしていたカブトムシを虫かごから出した途端、飛んで逃げていってしまったことがあった。それ以来、カブトムシは信用できず見つけたら即殺していた。

「ムカツクムカツクムカツク！」

直巳は激しく暴れ回る。だがしばらくして乱れた髪を直しながら呼吸を整えると、急に不気味に微笑んだ。

「そうだ。計画が失敗したらこのバスを爆発させればいいだけだった……」

直巳は歩調を早め運転手の下に進んでいく。

「あと何キロですか！」

「もう百キロもないとは思いますが……」

「もっとスピード上げてくださいよ！　もたもた走る理由はないでしょ！　あの女、警察に連絡したに決まってるんだ！」

速度を上げたバスは赤になりかかった信号を突っ切っていく。

「はい……」

自分の思い通りになった直巳は少し落ち着いた。ふと振り向くと、再び佳奈が赤いポーチを抱きかかえる。

直巳は佳奈の目の前に屈《かが》み、優しい口調でこう言った。

「そんなに大切な物が入っているなら僕にも見せておくれよ」

しかし佳奈はそれを拒否した。ポーチを離そうとはしないのだ。

「いいかい？　君は僕の言うことをきかなきゃいけないんだよ？　たとえそれが、死ねという命令であってもね。分かるかい？」

それでも佳奈は首を振る。段々、直巳の表情から笑みが消えていく。

「見せるんだ」

するとようやく佳奈は声を出す。

「……ダメ」

「どうしてかな？」

口調は穏やかだが、表情は脅しにかかっていた。

佳奈は、理由を話さない。

「見せてごらん」

手を出すと、佳奈は更に強くポーチを抱きしめた。

「いいから貸すんだ！」

強引に奪い取ると、佳奈は泣き出してしまった。直巳はファスナーを開け覗《のぞ》き込んだ。

中には、父親が持たせたのであろうハンカチ、そしてポケットティッシュ。

直巳はそれらを床に捨て、未だ残っている物を確認する。

出てきたのは、小さな犬の人形と、アニメのキャラクターの頭がついたラムネ菓子。口を開けるとラムネが出てくる仕組みの物だ。それを手にした途端、佳奈は過剰反応を見せた。

「それ返して！」

そんな言葉は直巳の耳には入らない。

「佳奈ちゃん？　さっき言っただろ？　食べ物があるならすぐに出せって。どうして嘘をつくのかな？」

「パパに貰《もら》ったの！　返して！」

ダダをこねる佳奈に直巳は吠《ほ》えた。

「うるさい黙れ！」

すると再び佳奈は泣き出す。

「黙れって言ってるだろ！　どうして僕の言うことが聞けないんだ！」

直巳は、佳奈が大事にしているお菓子を床に思い切り叩きつけた。部品が外れ、ラムネが転がる。

「どいつもこいつも！」

その時だ。佳奈に集中していた直巳の目に後ろに座る二人の主婦がチラリと映った。

「おい！」

声をかけた途端、通路側に座る女性はビクリと姿勢を正した。なぜなら、窓側の女性に何か耳打ちしていたからだ。しかも、見下すような目でこちらを見ながら。

「お前何してるんだよ！　何コソコソやってんだよ！」

よほどやましいことがあるのか、二人とも微動だにしない。

「さっきの目はなんだ！　未《ま》だ僕をバカにしてるのか！」

「し、してません」

直巳は通路側に座る女性の前に立ちはだかる。

「さっき言ったろ。もう次はないと。僕を怒らせたお前が悪いんだからな」

直巳が出刃包丁を逆手に持ちかえて振りかざすと、女性は必死に謝ってきた。

「ごめんなさい許してください！」

「もう遅い！」

直巳は、鋭く光る包丁を思い切り振り下ろした。刃は、主婦の心臓のあたりにグサリと刺さる。車内に、悲鳴と泣き声と主婦の呻《うめ》き声が重なり合った。

「な、なんてことを……」

「全員黙れ！」

女性に突き刺さった包丁を抜くと、真っ赤な血が溢《あふ》れ床に垂れる。

大切にしている包丁に血がつき、直巳は不機嫌になる。

「汚いものがついてしまったじゃないか！　どうしてくれんだ！」

女性の顔はみるみる青ざめていき、グッタリとしてしまった。呼吸も途切れ途切れだ。

しかし、直巳はいたって冷静だった。

「死ぬかもしれませんね、このままだと。こう見ると、虫が死ぬ時と似てるなぁ」

その台詞《せりふ》に車内は凍り付く。隣に座る女性は血を止めようと必死に心臓のあたりを押さえている。

「早く応急処置をしてあげないと！　本当に死んでしまうわよ！」

「だったらアナタがしてあげてください。一番後ろの席を使っても構わないですよ。あそこなら寝かせられますしね」

「そんな……私一人じゃ」

「だったら放っておけばいいじゃないですか。この人は裏切り者なんですから」

直巳はそう言い捨て、運転手にこう告げた。

「運転手さんは気にせず走っていればいいですから」

怯《おび》える運転手は声も出せない。

「返事が聞こえませんけど？」

「……はい」

刺された主婦は女性の呼びかけにも微《かす》かな反応を見せるだけだ。

直巳はその様子をじっと見つめていた。

24：銚子→東京 05

もうどれだけの間、桜木亜弥と一緒に過ごしたろう。会話がなくなり無言になっても、道彦は亜弥の隣から動かなかった。

罪を犯しているはずなのに、危機感や焦りが全くない。むしろその逆だ。楽しいし、気持ちが落ち着く。こんな経験初めてだ。

だが、いつまでもそんな幸福な時間が続くとは道彦も思っていない。

なぜなら、標識に『浦安《うらやす》』の文字が出てきたからだ。現在走っている市川《いちかわ》市をもうじき抜けるようだ。ディズニーランドを通過すれば、すぐ東京都に入るのではなかったか。

「そうだ」

道彦は席から立ち上がり、運転手の下に向かう。そして告げた。

「ディズニーランドが見える道を通ってほしい」

運転手は戸惑い顔で、

「この道を走っていれば見えますよ」

と答える。

「じゃあ、そのまま行って」

「分かりました」

運転手に背を向け、道彦は遠くから亜弥を見つめる。

改めて思う。何て可愛らしい人なんだと。

別れを想像すると悲しみがこみ上げる。

このまま二人でどこかへ行ってしまいたい。そしてずっと二人で居たい。

何度も何度も考えた。しかしそれは許されない。道彦には彼女と同じくらい大切な仲間がいる。裏切ることはできなかった。

みんなどうしているだろう。全員、来てくれるとは思うが……。

それを今考えても仕方がない。せめて東京タワーに着くまでは、この時間を大切にしよう。

道彦は亜弥の所へ戻っていく。先ほどから彼女は窓の外ばかり気にしているが、どうしたのだろうか。

　もしかしたら、警察を探しているのかもしれない。少し前に電話がかかってきた時、そんな様子は一切見せなかったが、警察が向かっているという知らせだったのではないだろうか。もちろん万が一追跡されていたとしても、必ず東京タワーへは行く。

「どうしたんですか？」

　声をかけると亜弥は慌ててこちらを向く。

「何でも……ないです」

　平静を装っている気はするが、深くは問わなかった。

「もう少しで浦安に入りますね。そしたらディズニーランドが見えますよ」

「そうですか」

　何を話したらいいのだろう。あまり女性と口を利いたことのない道彦は、話題がなかなか浮かんでこない。

　また、沈黙してしまった。

　困った時の癖で、指と指を絡ませた道彦は、肝心なことを思い出した。

　そうだ。亜弥とやりたいことがあったではないか。

　どうしてもっと早く気づかなかったのだろう。道彦は隣に置いてあるノートパソコンの蓋《ふた》を開け、あるソフトを起動させた。

「アヤさん。このゲーム知ってます？」

　タイトル画面を目にした亜弥は、

「さあ……」

　と首を傾げる。

「そうですか。でもすごく面白いんですよ」

　道彦は熱心に説明する。

「何もない土地に、ビルやマンションその他色々なお店を建てて街を作っていくゲームなんですよ。道や線路をひいてバスや電車を走らせることもできるんです」

　道彦が今はまっているゲームであった。いつか仲間と一緒にやりたいと思っていたのだ。だけど亜弥とならもっと楽しめるかもしれない。

　しかし亜弥の表情はあまり浮かない。それでも彼女を楽しませようと道彦は懸命に頑張る。

「僕の途中データを使うのではなくて、最初からやりましょう」

　と言って、道彦はパソコンを操作する。すると、薄茶色の画面が出てきた。更地《さらち》である。

「ここに自分の好きな街を作るんです」

「は、はい……」

「じゃあ最初に僕が道を造りますね」

と言って、道彦は慣れた手つきで単純な道路を完成させた。

「周りにビルやマンションを建てましょう。まずは人が集まるようにしないと」

未だ亜弥はゲームを把握していないようで、困惑している。

「亜弥さん、好きな建物を一つ言ってみてください」

亜弥は複雑な表情を浮かべながら、

「じゃあ、マンションで」

と答えた。

「分かりました」

道彦は『物件』という場所にカーソルを持っていき、マンションを選び、道の横にダブルクリックした。すると、その場所に建設中という文字が出た。

「一定の時間が経過すると、マンションは完成します」

この時だけは、亜弥は画面に釘付《くぎづ》けになっていた。それが何より嬉《うれ》しくて、道彦は再び尋ねる。

「次は何を建てましょう」

好きな人と一緒に夢の街を作っていけることに道彦は胸を弾ませていた。

25. 三島→東京 05

六十名近くいた乗客が全ていなくなり、運転手と二人きりになってしまった藤悟は、一番前の座席に座り景色を見ながらため息ばかりを吐いていた。

バスは現在、神奈川県横浜市戸塚《とつか》区を走っている。順調に向かってはいるが、藤悟の中では何かが違っていた。

ふと後ろを向くと、虚《むな》しい光景が目に映る。

こんなに広かっただろうか。そう思うとまたため息が出た。

自分の描いていたシナリオ通りにことが進まず落ち込んでいた藤悟はサングラスを外し、コートも脱ぎ捨ててしまっていた。一人で『サエキ』の恰好《かっこう》をしていたってただ悲しくなるだけだ。今は普段の自分に戻ってしまっている。自信のない、東原藤悟に。

所詮《しょせん》こんなものなのだろうか。今まで何をやっても誰にも相手にされず、うまくはいかなかったように。

学園祭、体育祭、その他色々な行事でどうにかして目立とうと頑張った時もあった。しかし、主役はいつも違う人間だった。自分は無視され、エキストラ以下の扱い。いつの間にか浮いた存在になっていた。

そんな自分が嫌で変えたかった。その時憧《あこが》れていたのが『サエキ』だったのだ。映画の世界ではあるが、自分も彼のように恰好良く生きたい。主役になりたい。

だから今回の計画は、自分を変えるいいチャンスだった。だが結果はこれだ。やはりみんなにバカにされる。そういう人生なんだ……。

聞こえてくるのはクラスメイトの笑い声。また全員から後ろ指をさされるのか。

顔を上げると、青い標識が目に入った。そこには、『東京』の文字。距離は未《ま》だだいぶあるが、初めて東京の二文字が出てきたのだ。

そう、未だ全てが終わったわけじゃない。人質がいなくたって、『サエキ』にならなくたって、自分をバカにしている人間を見返すことはできる。現にバスジャックをしているのだから。

そう考えると少しずつ変わっている気がする。自信も、勇気もない自分がこうしてバスジャックを決行することができたのだから。昔の東原藤悟とは確実に違ってきているはずだ。

少し自信を取り戻した藤悟は立ち上がり、拳《こぶし》に力を入れる。

情けないままじゃいけない。

日本中を混乱させ、自分たちの力を思い知らせてやるんだ。その野望がもうじき叶《かな》うというのに、落ち込んでいてどうする。

改めてボウガンを手にした藤悟は、運転手に声をかけた。

「もう少しですね」

「そうだね」

藤悟は正面から景色を見渡す。大きな道路の割には交通量も少なく、周りにも目立つ建物はない。遠くに団地や一戸建てが見えるだけだ。

「あのさ……」

突然、運転手が話しかけてきた。

「なにか？」

「私は、東京タワーに着いたら解放してもらえるのかな？」

藤悟は迷わず頷《うなず》いた。

「ええ。そのつもりです」

「じゃあそれまで、私が必要というわけだ」

この運転手がいなくなったら本当に終わりだ。先ほどからずいぶん偉そうだが、運転してもらっているので文句は言えない。

その後もバスはスムーズに進んでいく。運転手の横に立ち景色を眺めていると、前方に大きなバス停が見えてきた。そこに立つ一人の男。一番初めに目がいったのは丸刈り頭。年齢は二十歳くらいだろうか。青いパーカにジーンズ。背中には大きなリュックを背負っている。顔だけで判断すると、自分と同じでクラスでは目立たないタイプだ。

その男とすれ違う際、目が合った。ボウガンが目に入ったのか、驚いたような顔をしている。しかしよく考えてみれば、ボウガンを持っているのは右手。ドア側ではなく運転手側なので見えるはずがないのだが……。

つまらないことを考えていると、運転手がこう言った。

「おいおい走ってくるぞ。さっきの彼」

「え？」

藤悟は咄嗟《とっさ》に振り向いた。すると、丸刈り頭の男が血相を変えて走っているのだ。耳を澄ますと、

「待って！」

と聞こえてくる。

「もしかして、何か勘違いしてるんじゃないの？　あの人」

まさか。このあたりを走っている路線バスとは外見が明らかに違う観光バスだぞ。

地元の人間じゃなければ、分からないってこともあるのか？

タイミングが良いのか悪いのか、次の信号が赤に変わった。やはり、男はバスを目的としていた。追いつくと、ドアをバンバンと叩《たた》くのだ。

「すみません！」

藤悟は男としばらく目が合う。

藤悟は思わず運転手に言っていた。

「開けて」

「いや、でも」

「いいから」

「本当に？」

藤悟は男を見つめながら言った。

「この男を、人質にする」

人質が運転手だけじゃやはりバスジャックらしくない。いやそれ以前にもう一度、物語を再開させたい。これが最後のチャンスなんだ。

「じゃあ、開けるよ」

ドアが開くと男は息を切らしながら車内に入ってきた。

「良かった。行っちゃうからどうしようかと思いましたよ」

何も知らない男は能天気にそう話す。運転手は、目を伏せた。

藤悟は男に歩み寄り、ボウガンを向けた。恰好は『サエキ』に戻っていた。

「な、なにを……」

藤悟は低い声で告げた。

「このバスは俺がジャックしていたんだ。お前は運悪く、人質ってわけだ」

口を大きく開けた男は固まってしまった。

「さあ早く出発しろ」

扉が閉まると、バスはゆっくりと動き出した。

26. 水戸→東京 06

追突事故、そして中尾の一言が原因で一時、東京タワーへの道筋からそれることとなったバスは、国道6号線から一般道に移り、新京成電鉄の『常盤平駅《ときわだいら》』方面に進んでいく。木々に囲まれた広場を過ぎ更に走ると、向かって左側に霊園が広がる。霊園を越えると、JR『東松戸駅』が見えてきた。

修一は、時間ばかりを気にしているニット帽の男を一瞥《いちべつ》する。危険は感じているだろうが、子供に会いたい気持ちの方が勝っているのだろう。そう思えば思うほど、運転している自分が馬鹿馬鹿しくなる。

それにしても中尾は……。

あれほど放っておけと言っていた奴がなぜ？　まさか男の話を聞いて、同情したか？　あり得ない。そんな奴がバスジャックなんかするか。

バスが再出発してから約十五分。修一は男に話しかけた。

「アンタも運が悪いよな。驚いたろ。突っ込んだバスがジャックされてたなんて」

男は横目で修一をチラリと見て、

「はぁ……」

と頷く。

「俺なんて最悪だよ。バスジャックの被害者なのに、バスの運転までさせられてよ」

中尾に聞こえるくらいの声で言ったのだが、中尾からは何も返ってこない。男は、よく内容が掴《つか》めていないようだった。

「で？　どうして離婚したの？」

急に話題を変えると、男は戸惑いの表情を見せ、俯《うつむ》いてしまった。

「妻とはすれ違いの生活で……もっと妻と子供に目を向けてやれば良かったんですが」

このような話はどちらかと言えば嫌いではない修一は、

「それが原因なの？」

と偉そうに聞く。

「いや、それだけではないでしょう」

「じゃあ、何？」

しつこく尋ねると、男は右手を左手で押さえた。

「私は、嫌なことがあるとついお酒に頼ってしまうんですが、その時に、酔って暴力を」

修一はすかさず、

「暴力はダメだろ」

と返す。

「ええ……今でも後悔してます」

「子供は、何歳だっけ？」

「今年で七歳になります」

「七歳か……じゃあ今年から」

小学生？　と聞こうとした時、中尾から声が飛んできた。

「いいから黙って運転してろよ。お前、他人の事情を聞いてる場合じゃないだろ」

一瞬にして静まり返る車内。修一はふてくされた顔で周りを見る。

自分の事件を忘れかけてたのに……。

「次の信号、左に入ってください」

横に立つ男から遠慮がちに頼まれる。

「はいよ」

と余裕の手つきでハンドルを切った修一は、目の前の光景に突然前屈《かが》みになり目を凝らした。住宅街に入ったのだが、急に道が細くなったのだ。

「おい……ここ通れんのか？」

もちろん普通車なら行けるのだが、バスでは無理があるのではないか。

「大丈夫だと、思いますが」

バスを運転したことはないであろう男の言葉では説得力ゼロだ。

「おい運転手！」

と意見を求めても、運転手からの返事はない。難しい顔で道を確認している。

「とりあえず行くぞ？」

両手でしっかりとハンドルを握る修一は、左右をしきりに確かめ、ゆっくりゆっくり細道を進んでいく。

「次の角、右にお願いします」

男の声にも反応できないくらい、修一は運転に集中していた。

「右……ですよ？」

「わ、分かってるよ！」

前方と左側を注意しながら右にハンドルを切る。慎重に操作したので、曲がることはできた。しかし、バスが向きを変えた途端、修一は諦《あきら》めてハンドルから手を離した。

先ほどよりも更に道幅が狭いのだ。車幅と同じくらいしかない。

「こりゃ無理だろ」

と言っても、誰も声をかけてはくれない。運転手は心配そうにしているだけだし、中尾は窓の方に顔を向けてしまっている。

「ったくよ！」

修一は掌に汗を滲《にじ》ませながら少しずつ進んでいく。が、嫌な予感はすぐに現実となった。一瞬左側を気にした修一の耳に、民家のレンガ塀を削る音が響いてきたのだ。すぐにブレーキを踏んだがもう遅かった。車体の右側をすってしまったのだ。

「ああ……」

と運転手は情けない声を洩《も》らす。修一のこめかみあたりからツーッと汗が垂れる。

「し、仕方ねえだろ？　俺は素人なんだからよ」

「もう少し慎重にお願いしますよ」

「やってるよ！　てゆうか、もうとっくに事故ってんだからこれくらいはいいだろ！」

「そういう問題じゃ……」

「うるせえうるせえ。とにかく黙って見てろ」

気持ちが落ち着かないまま、勢いに任せて運転する修一は当然慎重さを欠いていた。細道だというのに先ほどよりも五キロほどスピードを上げていた。

「もっとゆっくり行った方が……」

横から注意してくる運転手に、

「分かってるよ」

と荒い口調で返す。

その時だ。一匹の白いネコが目の前をササッと横切った。それに驚いた修一は急ブレーキを踏む。大した速度ではなかったとはいえ、車内にいる全員がその衝撃で前のめりになる。

「おい！」

咄嗟《とっさ》に中尾から怒鳴り声が飛ぶ。修一は前を見たまま反論する。

「ネコが飛び出してきたんだよ！」

「それくらいでビビッてんじゃねえよ」

あちこちから文句を言われ、気分を悪くした修一はハンドルを怒りに任せて強く握りアクセルを踏む。スピードメーターは20キロ。住宅地の細道では危なっかしい速度だ。

「すみません。次の角を右でお願いします」

男からの指示に、修一は口を尖《とが》らせ答える。

「はいはい」

そして、標識も何も見ずに十字路に突っ込んだ。その瞬間、右横からクラクションを鳴らされた。驚いた修一は、再び急ブレーキをかける。

「何だよ！」

と怒鳴る修一の目には赤い乗用車が映っていた。

「あっちが優先ですよ。停まらなかったこっちが悪いです」

運転手にそう言われた修一は舌打ちする。

道を塞《ふさ》いでしまったバスに、乗用車からしつこくクラクションが鳴らされる。その行為に憤激した修一は、

「この野郎……ブッ殺してやろうか」

と、乗用車の運転手に向かって口を動かす。

横にいる運転手が修一を宥《なだ》める。

「落ち着いてください。とにかく、バックしましょう」

「くそったれ」

修一はハンドルを叩《たた》き、ギアをRに入れ後ろに下がる。ギアを1速に戻した頃には、乗用車はいなくなっていた。

「あの野郎、マジムカツクな」

ブツブツ繰り返す修一は改めて右に曲がり、直線を走っていく。すぐにまた、男から指示が出された。

「次の角を、左に曲がってください」

注文が多いな、と思いながら修一はハンドルを左に回す。しかし、あまりに道が狭すぎ

て一回では曲がりきれない。しかも、そばの一戸建ての巨《おお》きな庭木から、数十本ほどの枝が外にはみ出ているせいで余計狭く感じる。

「何だよ、ここ」

と洩らしながら修一はバスを一度バックさせて、少しずつ曲がっていく。それでも未《ま》だ壁にぶつかってしまう。通れるまで、何度も何度も切り返した。

忙しくハンドルを動かす修一は、ようやく曲がりきれる状態にまでバスをもっていくことができた。しかし、既に木の枝が乗客側の窓に当たっているのだ。

「もう一度、切り返した方が……」

修一は、運転手の提案を却下した。

「ふざけんな。通れるんだからいいだろ。それにもうくたくただよ！」

「でも……」

運転手の言葉を無視し、修一はアクセルを踏もうと足を動かした。ところが木の持ち主である主人が何事かと家から出てきて、心配そうにこちらを見つめている。

「まずいですよ」

修一は、主人と運転手を見比べる。しかし、考えは揺るがなかった。主人が見ている前で、お構いなしにバスを動かす。そのせいで木の枝は派手に折れ、地面に落ちる。修一はあえて主人に目をやることなく、逃げるようにして走り去る。

「乱暴すぎますよ」

運転手からの注意が飛んでくる。

「やっちまったんだから、仕方ねえだろ」

「絶対に怒ってますよ、あの人」

「だったらアンタが運転しろよ」

「でも」

と運転手は中尾を一瞥《いちべつ》する。

そのやり取りを聞いていた中尾が、静かに口を開いた。

「家に着くまでは交代しろ」

「お？　意外な判断だな」

「うるさくて仕方ねえんだよ」

さすがの修一も、その指示にはすぐに従った。シフトをニュートラルに入れ、運転席から立つ。

久々に自由を得た気がした。縄をほどかれたようだ。修一は首を回し背筋を伸ばし、リラックスする。その間、運転手は運転席に座り、バスを進ませる。だが、いくらプロとはいえ、スムーズにはいかなかった。塀だの建物だのにぶつかりそうな場面に何度も遭遇し、相当な時間をかけて、ようやく細道を抜けることができたのだ。

「やるねえ運転手」

そこから更に三分ほど住宅街を走ったところで、男は運転手に言った。

「ここら辺で……結構です」

緊張を含んだ声。運転手はバスを停める。

「近いの？」

と修一が聞くと、男は一つ息を吐き、頷《うなず》いた。

「そうか」

本当に下ろしてしまっていいのだろうかと、修一は中尾を見る。が、彼はこちらに興味を示していない。窓の方に顔を向けている。他の乗客は、羨《うらや》ましそうに男を見ている。

運転手は、バスの扉を開けた。

「行きなよ」

そう修一が言うと、男は深く頭を下げた。

「ありがとうございます。子供との時間、大切にします」

男は、出口に一歩踏み出す。その時だった。中尾が鋭い口調でこう発した。

「おい！　絶対に警察には通報するな。いいな？」

男は乗客に目をやる。そして複雑な顔で答えた。

「分かりました」

男はバスから出ていった。そして、次の角を曲がっていった。

扉が閉まった途端、バスの目的は再び『東京タワー』となる。

「運転代われ」

中尾から命令が飛び、修一は渋々運転席に座る。

「せっかく楽になったのに……」

「つべこべ言わずに運転しろ」

「はいはい」

修一はハンドルを握りアクセルを踏む。一つだけ、中尾に聞きたいことがあった。

「なあ。どうしてアイツをここまで送ってやろうと思ったんだよ」

「……別に」

「あっそう」

修一もそれ以上深くは探らなかった。

「とりあえず、国道に出ないとな」

運転手は周りを見ながら返す。

「そうですね」

「全く……とんだ時間ロスだな」

修一は中尾に言うように文句を吐いた。中尾は、ずっと窓の景色を眺めているだけだった。

男と別れた修一たちのバスは、何とか国道に戻り、東京方面に進んでいく。

だが、肩の力を抜いた途端、自分が警察に追われていることを修一は思い出してしまい、ずっと口を閉じたままだった。自分がやったことを何度も何度も再生していた。

ひょっとして、本当に怪我を負わせてしまったのか。

入り交じる怒りと不安。絶対にあの店員が大げさに言っただけなんだ。

そうだ絶対に違う。早く誤解をとかなければならない。本当はあんな離婚男にかまっている暇はなかったんだ。しかしこの状況ではどうにもできない。気持ちばかりが焦る。

まさか刑務所行きなんてないだろうな。

いや、あり得るかもしれない。自分の証言が認められなければ……。

「おいおい万引きごときで冗談じゃねえぞ」

よほど中尾の方が重罪じゃねえか。どうして俺を追って中尾は無視なんだ。コイツを捕まえるのが先だろ。

「おかしいよマジで」

一人文句ばかりを繰り返す修一は運転に集中するどころではない。ただ、バスを真っ直ぐ走らせることしかできなかった。

『北松戸駅』を通り過ぎ、しばらくしてのことだった。

「おかしいですね」

と運転手が呟《つぶや》く。

修一は不機嫌そうに、

「あ？　何が」

と返す。

「ずっと国道6号線だったのに、それてしまってますよ」

言われてみればそうであった。いつしか車線は一車線。道幅も狭い。標識もしばらく見ていない。周りはマンションや一戸建てだらけだ。

「あれ……ここ何処《どこ》でしょうか。変な所に来てしまったんじゃないでしょうか」

運転手は急に混乱し始め、心配そうな声を洩《も》らす。

「ここ何処って、アンタずっと見てたんじゃねえのかよ。間違えた時何で気づかなかったんだよ」

修一は運転手に責任をなすりつける。

「そのつもりだったんですが……おかしいな」

二人のやり取りを聞いていた中尾が近寄ってきた。

「おいおい迷ったのか？　お前さっきのニュースでテンパってんじゃねえの？」

道がそれた事に関してはそれほど大ごとには思っていないようだった。しかし修一にとっては気にくわない言葉だった。それでも平然を装った。

「お前が変な男を乗せるからおかしくなったんだろ」

ここで怒ったらまた中尾を調子に乗らせるだけだ。既に、格下だと思われているというのに……。

「どうしましょうか」

と尋ねてくる運転手に修一は、

「どうしましょうかって、アンタが案内役なんだからしっかりしろよ」

と強い口調で返す。

「そう言われましても、標識を頼りに僕もやってきたので……」

「頼むぜ運転手さん」

横から茶化してくる中尾を修一は無視し、

「このまま走ってれば大丈夫なんじゃねえの？」

と言う。

「でも……」

ハッキリとしない運転手に修一は鬱陶《うっとう》しさを感じる。

「じゃあどうするんだよ！」

運転手が判断に迷っていると、なぜか一人の人質がこちらにやってきた。ぱりっとスーツを着込んだ若い男だ。彼女か友達かは知らないが、隣の振《ふ》り袖《そで》の女は心配そうにしている。すかさず中尾がナイフを向けた。

「何だよ勝手に」

男は恐る恐るこう言った。

「多分、道分かります」

中尾はますます警戒する。

「何だと？　本当だろうな」

「本当です」

「どうしてお前がそんなこと言ってくる」

すると、彼は泣きそうな声でこう訴えた。

「僕たちだって早くバスから下りたいんですよ」

中尾は男をしばらく見据え、

「よし分かった。じゃあ案内しろ」

と命令した。

「分かりました」

男は運転手の横に立ち、

「次の信号を左に曲がってください」

と指示を出してきた。

妙な光景であったが修一は深くは考えず、言われた通りにハンドルを切る。

「ここをしばらく真っ直ぐ走ってください」

まるで周辺の道を知り尽くしているかのようであった。

「アンタ道マニア？」

と冗談っぽく尋ねると男は、

「いえ……別に。ただこのあたりを知っているだけで」

と真面目に返してきた。

「ふ〜ん」

「何だ？　やっと普通に喋《しゃべ》る余裕が出てきたかい？」

また中尾が横から冷やかしてきた。

「だから、あれは大げさに言ってるだけなんだって」

口ではそう言うが、内心不安である。更に事件は大きくなっているのではないか……。

「はいはい」

「お前の方が罪は大きいっつうの」

そう言って少しでも自分を楽にさせようとする。

「悔しいか？」

「はぁ？」

イカれた奴の考えていることは理解不能だ。

「俺はビビってなんかいない。お前と違ってな」

中尾はそう言ってこう付け足した。

「俺たちは前代未聞の事件を起こしているんだ。むしろワクワクしてるよ」

「あっそ」

もうじき独りぼっちのバスジャックに気づくというのにバカなガキだ。

修一と中尾の口喧嘩《くちげんか》を止めるかのようにスーツ姿の男は割って入ってきた。

「次の信号を今度は右に曲がってください」

修一はすぐにウインカーを出し右に曲がった。

「ここを真っ直ぐ走っていれば、6号線に戻るはずです」

修一は黙ってアクセルを踏んでいく。運転手が、

「どうも」

と頭を下げると男は、

「いえ……」

と背中を向けて元の席に戻っていった。

「お前よりずっと役に立つんじゃねえのか？」

中尾の言葉を無視して、修一はバックミラーで彼の後ろ姿を確認しながらバスを走らせていった。

男の言う通り、しばらく真っ直ぐ進むと国道6と書かれた青い標識が出てきた。

「良かった。これで大丈夫そうですね」

と運転手が呟《つぶや》く。

信号が赤から青に変わり、バスは6号線に戻った。そして道なりに進んでいると、修一でも知っている文字が標識に出てきた。『浅草《あさくさ》』だ。残り13キロとある。

この時、東京はもうすぐそこだということに初めて気づいた。

もしかしたら先ほどから案内標識に出ている『金町《かなまち》』や『四《よ》ツ木《ぎ》』も東京都なのかもしれない。そうだとしたら、あともう少しで東京都に入るはずだ。

東京タワーも、近いのではないか？

考えてみれば茨城を出発してから早三時間半以上が経っている。おかしくはない。

「もうすぐだな」

中尾も『浅草』と書かれた標識を見てそう言った。期待に満ちた声である。

もう少しの辛抱だ、と修一は自分に言い聞かせた。しかし、思わぬ状況に修一は眉《まゆ》をひそめた。

めてきたのだ。東京が近いからだろうか、渋滞とまでは言わないが、ずっと空《す》いていた道が少し混み始

「何だよこんな時に」

修一は文句を洩《も》らしながら軽くアクセルを踏み、すぐにブレーキに足をもっていく。それをしばらく繰り返していた。

すると、前方に大きな川が見えてきた。標識には『江戸川』と書かれてある。修一も聞いたことのある名前であった。もしかしたら、『新葛飾橋《しんかつしか》』と書いてある橋を渡ると東京都に入るのか。

東京都は、目前だ。そう思ったその時であった。それまで流れていた通常のラジオ番組が突然中断した。

『臨時ニュースをお伝えします』

また自分のことなのではないかと修一は内心気が気ではなかった。

アナウンサーは深刻な口調でこう言った。

『今日、午後二時半頃、栃木県日光駅近くの国道119号線で、少年によって乗っ取られたバスが電柱に突っ込み炎上するという事件が起きました』

それを耳にした修一は、

「まさか」

と中尾に視線を送る。中尾も真剣な表情でラジオに聞き入っている。

修一は、前方の車が停まっていることに気づき慌ててブレーキを踏んだ。

『調べによりますと、バスジャックが発生したのは正午過ぎ。栃木県那須塩原行きの路線バスに乗っていた十六歳の少年が包丁で運転手を脅し、東京タワーに向かえと命令。バスは東京に向かって走行していました。しかし日光駅前にさしかかったところで突然少年が暴れ出し、止めに入った人質である吉浦光彦さんの腹部を包丁で刺し、さらに、その後興奮状態にあった少年は自らバスを運転し暴走。少年はハンドル操作を誤りバスは電柱に激突し炎上しました。刺された吉浦さんは重傷を負いましたが命に別状はないとのことです。他に乗っていた五人の乗客と運転手に怪我はなく無事救出されましたが、バスジャックを起こした少年は意識不明の重体となっています。少年のズボンからは覚醒剤《かくせいざい》らしきものが発見されたとのことです。以上、臨時ニュースを終わります』

車内の緊張が高まる。

「今の……」

と修一が中尾に聞こうとすると、

「間違いない。クスリを使ってたのはセージだ」

と中尾は呟いた。

「まさか」

本当に仲間なのか？

そうかもしれない。正月にバスジャック事件が偶然同時に起こるか？

「じゃあ、マジで……」

「だから言ったろう。他の仲間だって、東京タワーに向かっているんだ」

実際、栃木で事件が起きたのだ。しかも怪我人まで出ている。

修一は反論できなくなっていた。

中尾は悲しそうに、

「セージ」

と洩らす。

ネットで知り合っただけなのに、バスジャックを？　だとしたら奴らは一体何なんだ？

よほど結束が固いのか。

違う。洗脳されているとしか思えない。そうでなければこんなことを実行に移すはずがない。

「セージのためにも、俺は絶対に東京タワーへ向かう」

最初はただのガキだと思っていた。しかし……。

修一は、自分が関わっている事件をすっかり忘れていた。バスは、ようやく『新葛飾橋』を越え、東京都に入った。と同時に、バスの動きがピタリと止まった。中尾がスッと顔を上げる。修一は彼にこう言った。

「渋滞だ」

前方の信号が青にもかかわらず、列は動こうとしない。中尾は苛立《いらだ》ちをあらわにした。

「クソ！」

そう言って携帯を取りだす。また掲示板か。指を素早く動かし文字を打っている。修一は厳しい目つきで中尾を見据えていた。

27. 沼田→東京 06

真っ赤に染まったシート。床にジワジワ流れる血。

緊迫した車内には、刺された主婦の微《かす》かな息づかいと、隣につく女性の呼びかけが延々続いていた。

直巳に刺された主婦の出血は酷《ひど》く、徐々に体温が下がっていく。顔や腕からは血の気がなくなり、もう虫の息である。女性がいくら声をかけても、反応しなくなっていた。

そんな状況にもかかわらず、直巳は掲示板に没頭していた。

セージが事故を起こし病院に運ばれたというのだ。現在も意識不明の重体。シュンの書き込みだ。

「そんな……」

直巳は、セージがネットで書いていた心の叫びを思い出す。

不幸な人生を歩んできたセージはクスリに手を出し、どん底へ落ちていった。

今日、会って色々話したかったのに。

これで脱落したのは、茨城に住むサブと、セージの二人。

「残念です」

直巳はそう呟き、運転手に身体を向ける。

シュンがセージの情報を得たのはネットかラジオのはずだった。

「このバスにラジオはついてますか？」

そう尋ねても、運転手の耳には届いていない様子だった。刺された主婦が気になるのだろう、相当動揺している。

「聞いてますか？」

肩を叩《たた》くと、運転手は過剰に怯《おび》えた反応を見せる。

「な、なんでしょうか」

「ラジオ、ついているか聞いているんですよ」

運転手は歯をガタガタとさせながら、

「はい……はい」

と頷《うなず》き、スイッチを入れた。しかし、どの局もニュースは流れていない。

「ネットで調べたのかな」

元日からバスジャック事件が起こったのだ。いずれラジオでも流れるだろう。

「そのままつけといてください」

「……はい」

「ところで、いまどのあたりなんですか？」

直巳はあくまで冷静であった。

運転手は必死になって周りを見渡す。

「武蔵浦和《むさしうらわ》という所です。標識を見る限り東京都まで、あと10キロもないと思います」

それを聞いた直巳は胸を膨らませた。

「そうですか。もう近いじゃないですか」

「もちろん、東京タワーまではもう少し距離があると思うのですが」

「急いでくださいね。さっき逃げた女が警察に通報したに決まってるんだ」

「分かってます」

運転手は直巳から顔を背けて速度を上げた。

もうじき、目的地に着く……。

「みなさん、もう少しで東京タワーですよ」

だが人質はこちらを見ようともしない。直巳は不満そうな表情を浮かべた。

「嬉《うれ》しくないんですか？」

と聞くと、刺された主婦の胸に手を当てていた女性がキッとこちらを睨《にら》みこう言ってきた。

「あなた、よく平気でいられるわね。一刻も早く病院に連れていかないと、本当に死んでしまうわよ」

直巳は肩をすくめ、ため息を吐いた。

「だからさっきも言ったでしょう？　こいつは裏切り者なんだ。放っておいていいんですよ。アナタが無理をすることないんだ」

「脈拍数も下がってるわ。お願いだから助けてあげて」

懇願する女性に直巳は無情な言葉を放った。

「僕は何とも思いませんよ？　死ぬんだったら死ねばいいんだ。たかが奴隷の命じゃないですか」

「残酷すぎる……」

「何か言いました？」

女性は泣きながら主婦の頭をなでる。その姿を見ても直巳の心は動かなかった。それよりも気になったのは目の前にいる佳奈だ。いつしか泣きやみ、俯《うつむ》いて静かにしている。

「君はお利口さんだ。そのまま良い子にしてなさい」

と声をかけた直巳は違和感を感じ、佳奈の足元に注目した。すると、床に黄色っぽい液体が垂れているのだ。それが何なのかすぐに分かった直巳は、

「ヤレヤレ」

と呟き、佳奈の頭に手を乗せた。

「我慢できなかったかな？」

佳奈の全身が震え出す。

「仕方ないね。このバスにはトイレがないんだから」

佳奈に背を向けた直巳は、

「これだからガキはイヤなんですよ」

と愚痴をこぼし、再び運転手の横に立つ。標識には『板橋』の文字。いよいよ東京都に入ろうとしている。

「東京タワーはもう目前だというのに、鬱陶《うっとう》しい人間ばかりで困りますね運転手さん」

「は、はい……」

「アナタだけだ。僕の言うことを忠実にきいてくれるのは」

返しに困る運転手は軽く頭を下げる。

「運転手さんは、この仕事について何年くらいですか？」

唐突な質問をされた運転手は、戸惑いながら答える。

「十年、いや十一年でしょうか」

ようやく整理のついた運転手は、

「やっぱり十年です」

と最初の答えに戻した。言い終えた運転手の喉元《のどもと》から生唾《なまつば》を飲む音が耳に伝わった。

「そうなんですか。長いですね。僕は将来、化学に関わる仕事につきたいと思っているんですよ」

「そう……ですか」

「興味ないですか？」

運転手は慌てて首を振る。額から流れる汗が飛び散った。

「いえいえ。そんなことありません」

二人が会話しているうちにバスは荒川《あらかわ》を渡り、東京都板橋区に入った。

景色を見渡した直巳は寂しそうに呟《つぶや》いた。

「群馬も埼玉も東京もあまり変わりませんねえ。もっと中心に行かないと都会っぽくならないんですかね」

それでも東京は東京だ。初めてきた土地に直巳は心を弾ませていた。

その時だ。後ろから女性の声が聞こえてきた。

「脈が……止まった」

運転手は急ブレーキをかけた。直巳は振り向き、口を開く。

「分かっていたことです」

と言って運転手に指示を出す。

「何やってるんですか。早く走らせてください」

運転手は仕方なくアクセルを踏む。女性は、泣き崩れる。

直巳は、ただ前を見つめているだけだった。

28．銚子→東京 06

亜弥は、外の様子ばかりを気にしていた。

浦安市に入ったバスは国道357号線を一定の速度で進んでいく。標識には『ディズニーランド』と『葛西《かさい》』の文字。ディズニーランドを越えればすぐに東京都に入るはずだ。

未《ま》だ警察の姿はない。

定岡は、何もかも忘れて街を作るゲームに熱中している。警察が向かっていることも知らず。

目を輝かせて言う。

「アヤさん」

声をかけられた亜弥は画面に顔を向ける。

「はい……」

「また一つ、マンションが完成しましたよ」

亜弥は、笑みを作った。

「本当ですね」

ゲームを始めて何分くらいになるだろう。最初は何もなかった更地に、今ではマンション、一戸建て、レジャー施設、ショッピングモール、高層ビルが次々と建てられ、立派な街になっていた。ゲーム内での時間が夜になると画面も夜景に変わる。こんな状況にもかかわらず、それを綺麗《きれい》と思ってしまったほど、定岡が作った街はよくできていた。

「人口もかなり増えてきましたね」

亜弥は適当に返す。

「え、ええ……」

「アヤさんと一緒に作っているからですよ」

「私は、何も」

「そんなことないですよ」

「そうですかね」

定岡はカーソルを『街の状況』という場所にもっていきクリックした。

「いま僕たちの街は、『住宅地』の方向に進んでいます。それだと普通でつまらないので、『観光都市』を目指していきましょう」

あまり理解はできないが亜弥は頷《うなず》く。

「は、はい……」

「お金も貯まってきたことだし、これからは名所をいっぱい建てていきましょうね」

定岡は嬉しそうにパソコンを操作する。亜弥は、そんな彼の姿をしばらく見つめていた。

すると、定岡が突然、歓喜の声を上げた。

「あれ見てください！　ディズニーランドですよ！」

定岡の視線の先にあったのは、ひときわ目立つシンデレラ城。一瞬ではあるが亜弥の表情は綻《ほころ》んだ。

「本当だ」

ディズニーランドを目にしたのは中学生以来だ。意外にも陸とは一度も来ていない。千葉県在住だから余計行こうとは思わないのだ。

「良かったー、アヤさんに見せることができて」

定岡の純粋な気持ちが亜弥の胸に強く響いた。

「綺麗ですね」

「ええ」

景色に釘付《くぎづ》けになっている定岡は、心の底から感動している様子だった。

そんな定岡に、亜弥は哀れみを感じていた。

もうじき、警察が助けに来る。

バスジャック犯が捕まる瞬間をテレビで何度か見たことがあるが、抵抗する犯人には警察は容赦しないだろう。それはもちろん当然のことなのだが、想像したら胸が苦しくなってしまう。

ついさっきまでは定岡がどうなろうが関係ないと思っていた。しかし今は違う。ゲームを始めてから少しずつ、亜弥は定岡の優しさを感じていた。

本当は悪い子じゃない。純粋な心を持っている。だから、彼に乱暴するのは止めてほしい。悲惨な光景は見たくない。

バスが進むにつれ段々とシンデレラ城は小さくなっていき、見えなくなった。と同時に二人を乗せたバスは東京都江戸川区に入った。そのことに、定岡も気がついた。

「ようやく東京に入りましたね」

ずっと俯《うつむ》いていた亜弥は、重い口を開いた。

「黙っていたけど、警察が追ってきてるわ」

定岡は一瞬驚いた表情を浮かべたが、

「そうですか」

と予測していたかのような口調で答えた。亜弥は、思い切ってこう言った。

「もう、こんなこと止めた方がいい。自首しよう。今ならまだ間に合うよ」

定岡はしばらく考える様子を見せたが、首を振った。

「いくらアヤさんのお願いでも、それだけは無理です。途中で止めることはできないですよ」

「どうして？」

すると定岡はこう言ったのだ。

「裏切れない仲間がいるからです」

亜弥にはその意味が理解できなかった。

「どういうこと？」

「僕には、多くのネット仲間がいます。その仲間たちも今、バスをジャックして東京タワーに向かっているんです。だから僕だけ裏切るわけにはいかない」

「ネット仲間……？」

「はい。みんなと約束したんです。今日、バスジャックして東京タワーに集まろうって」

それを聞いた亜弥は呆《あき》れるよりもまず、悲しくなった。

騙《だま》されているに決まっている。こんなにも純粋な子を犯罪者にしようとする人間たちが許せなかった。むしろ彼は被害者ではないか。

　だが、騙されていることに気づかせてショックを与えたくはなかった。とにかく、一刻も早く止めさせなければならない。

「どうしてこんなことしたの？　ただ約束したから？　それだけの理由？」

「まさか。違いますよ」

「じゃあどうして……」

　定岡の目が突然鋭くなった。

「みんな色々な不満を抱えているからですよ」

「不満？」

「僕が不満を抱いているのは、教師やクラスの人間たち。近所に住む奴らもそうだ。どうして僕のことを変な目で見るんだ。どうして見下すんだ。小さい頃からそうだった。僕は何も悪いことはしていないのに、変人扱いするんだ」

　亜弥は胸を痛めた。中学にも高校にも定岡のような目に遭っている人間がいたからだ。特に理由はないがイジメの対象にされるタイプ。亜弥もどちらかと言えば彼らを見下していた方だった。

「僕はこのまま終わりたくはなかった」

「だからこんなことを？」

定岡は深く頷いた。

「大きな事件を起こせば周囲の目だって変わる。もうバカにされないようになる」

亜弥は言葉を失った。

だったらもっと違う方法があるはずなのに、彼は犯罪者になることを選んでしまった。ネットで仲間を作ってしまったがために。

「でもアヤさんだけは違った。僕と普通に接してくれた」

亜弥は何も返せなかった。ついさっきまではそうではなかったからだ。心の内を読まれるのを避けたかった亜弥は必死に言葉を探す。

「でも、仲間が来るなんて保証はどこにも……」

「あります。みんな裏切るわけがない」

そう言って定岡はノートパソコンを操作して、ある掲示板を見せてきた。そこには様々な書き込みがされている。

「でも、これだけじゃ」

「そうですね。だったらネットのニュースを開きましょう。僕のことがニュースになっていれば、他のメンバーのことも書かれているかもしれない」

まさか、と思いながら亜弥は定岡のノートパソコンに注目する。

定岡が検索欄に文字を入れると、様々な記事がズラリと並んだ。二人は、一つひとつ追っていく。やはり騙されてるんだ、そう結論づけた時——。亜弥の目に、ある文字が飛び込んできた。

『十六歳少年、バス事故を起こし病院へ搬送』

「これ……」

亜弥が指さすと定岡は心底驚いた様子で記事をクリックする。

すると詳しく書かれた記事にジャンプする。亜弥はゆっくりと読んでいく。

「まさか」

栃木県の日光で似たような事件が発生している。犯人は十六歳。覚醒剤《かくせいざい》を所持。乗客の一人は包丁で刺され病院に搬送……。

読み終えた定岡はこう呟《つぶや》いた。

「嘘だ……セージが、事故？」

信じられなかったが、バスジャックが起きているのは事実だ。

本当に彼が言う〝仲間〟なのか？

「言ったでしょ。やっぱりみんな、東京タワーに向かってるんだ」

否定はできなかった。が、現実を受け入れることもできない。こんなこと、あり得るのだろうか？

亜弥は思う。もしそうだとしたら、大騒ぎになっているのではないか。

このバスのことだってきっとニュースになっているはず。

「テレビは」

観られないの？　そう言おうとした瞬間、目の端から、赤い光が入り込んできた。バスは既に多くのパトカーに囲まれていたのだ。

亜弥は急に怖くなった。

「ねえお願い。もう止めよう。絶対に捕まっちゃうよ」

しかし定岡は決意に満ちた声でこう言った。

「逃げようなんて思ってません。捕まったっていい。僕は、どんなことをしても東京タワーに向かいます。アヤさん、それまで一緒に居てください」

亜弥はこの時、彼を止めるのは不可能だと気づいた。定岡は、何も恐れていないのだ。

29. 三島→東京 06

ジャックされているバスに男が乗ってくるという展開に、藤悟も内心驚いていた。しかも路線バスではなく、観光バスにだ。

あれから約三十分。バスは横浜のランドマークタワーを過ぎ、川崎市を走っている。近くに競馬場があるのか、川崎競馬練習場と書かれた建物が印象的だ。

標識には『蒲田《かまた》』の文字。運転手曰《いわ》く、もうじき東京都に入るそうだ。そうなれば東京タワーは目前。計画は成功に向かっている。突然やってきたこの男のおかげで、気持ちは更に盛り上がっていた。

一番前の座席に座るマッチ棒のように細い男は、人質にされたと分かってからずっとソワソワとしていた。時折弱々しい声で、

「どうしよう」

と洩《も》らす。今にも泣きそうである。あまりに怯《おび》えているので、藤悟もボウガンを向けてはいなかった。これ以上脅したら失神するのではないか。

十五年間生きてきて、初めて自分よりも格下の相手に出会ったといった感じであった。藤悟的には、人質に最高に適している男だ。

前方に、大きな川が見えてきた。多摩川《たま》だ。太陽の光を反射してキラキラと水が輝いている。ポツポツと人の姿はあるが、閑散としていた。

バスは多摩川大橋をゆっくりと進んでいく。東京都大田区に入った。藤悟はしばらく『東京都』と書かれた看板をサングラスの奥から見据えていた。すると男が目をキョロキョロとさせながら口を開いた。

「僕は……どうなるんでしょうか」

決して目を合わせようとはしない。声に力がなく、喋《しゃべ》り方も途切れ途切れなので聞き取りづらい。

「下ろしてあげたらどうだい？」

横から口を挟む運転手に、

「黙って！　さっきからうるさいんだよ」

と藤悟は一喝した。

「やはり……下ろしてもらえないでしょうか」

「ダメだ」

藤悟が即答すると、男はため息を吐き項垂《うなだ》れた。

「自分から乗ってきたんだろう。今更何言ってんだ」

「まさか……こんな事になっているなんて気づかなくて」

「だって観光バスだぞ？　これは」

「僕は、こっちの人間じゃないので……」

「それでも普通気づくだろ！」

「そうでしょうか……」

この男、相当頭が悪いようだ。

「じゃあなぜ神奈川にいた？」

そう尋ねると男は自信なさそうにこう言った。

「一人旅をしていたからです」

「一人旅？」

聞き返すと男は頷《うなず》いた。

「どこから来た？」

「北海道の、釧路《くしろ》という所からです」

それを聞いて藤悟は思わず大きな声を出していた。

「北海道？」

「……はい」

人生経験が豊富ではない藤悟にとって北海道は未知の世界であった。雪だらけのイメージしかない。

「いつから旅をしてる？」

男は指を折って数えだした。

「もう、三週間くらいになります」

藤悟は、男の隣にある大きなリュックに注目する。

「まさか、野宿か？」

「ええ。こっちは暖かいので」

いや、十分寒いだろ……。

「どうして、一人旅を？」

その質問をした途端、男は遠くの方を見つめだした。自分の世界に入ってしまったようだった。

「少しでも……強くなるためです」

藤悟は、

「強く」

と小さく口を動かす。

「昔から弱い自分が嫌いでした。何をやるにもマイナス思考で、だから自信が持てなくて失敗する。テストも、受験も。今年受けた会社も全て落ちました。当たり前ですよね。僕みたいな人間、要らないですもんね」

自分のことを言われているようで藤悟は苦しくなる。

「でも、そう考えるの止めたんです。もっと前向きになろうって。でもそう簡単に変われるはずがなくて……一人旅にでも出たら少しは違うんじゃないかって、バイトしてお金を貯めて、頭を丸刈りにして、こっちの方にやってきたんです」

「それで……」

藤悟は、真剣に聞いていた。

「変われたのか？」

男は、

「分かりません」

と首を振った。

「でも、多少の変化はあったんじゃないかと。何せ一人でこんなにも長く生活したことなんてなかったので。しかも知らない土地で。都会に住む人たちを見られたのも良かったです。みなさん何かに急いでいて、それだけ生きていくのに必死なのかなと思うと、自分ものんびりできない、頑張らなければいけないって感じたんです」

「そうか……」

男の話を聞いて、藤悟は気づいた。

最初は、自分と似ている部分があると思ったが、全然違う。

彼は確実に自分を変えている。

だが藤悟は変わっていない。

バスジャックして少しは強く、恰好《かっこう》良くなれたと思っていたが、勘違いしていただけだった。

初めから目的がずれていたのだ。

自分たちはただ、周囲の目を変えたいだけだった。自分自身が強くなるわけではないんだ。

だからといって今更止めるわけにもいかないし、そうするつもりはない。仲間は裏切れない。

藤悟は、唐突にこう聞いていた。

「アンタ、友達はいるか？」

男は少し間を空け戸惑いながら、

「ええ、少ないですけど……みんな優しいです」

と答えた。

「そうか……」

何が格下だ。自分の方がよほど下ではないか。

弱そうだし情けないし頭も悪いが、この男の方がずっと頑張っている。

「アンタ、名前は？」

この時だけは男はハッキリと言った。

「笹島翔太《ささじましょうた》です」

胸に何か強いものを感じた藤悟は、サングラスを外しコートを脱ぎ捨てた。

ここからでもいい。『サエキ』ではなく、東原藤悟で東京タワーに向かおう。もうカッコつけることはせず、自分自身で勝負してみるんだ。

「とりあえずアンタには東京タワーまで来てもらう」

笹島は、怖々と目を合わせてきた。藤悟は、表情を引き締めた。

「もう少しの辛抱だ」

と言ったその時であった。数台のパトカーが追ってきていることに気がついた。いずれこうなると覚悟はしていたはずだ。しかし赤い光を目にした瞬間、藤悟は臆《おく》してしまう。

捕まる……捕まってしまう。

膝《ひざ》から崩れ落ちそうになるのを必死にこらえ、藤悟は冷静を装う。

横についたパトカーから警官の声が響いてきた。

『少年に告ぐ。すみやかにバスを停め下りてきなさい』

手足が震える。正直、恐れている。だがこんな中途半端なところで終わらせるわけにはいかなかった。それこそ笑い者だ。

ここまでやったんだ。とことん凶悪犯になりきるんだ。

決意した藤悟は笹島の背後に回り、頭にボウガンを向けた。

笹島は悲鳴を上げる。藤悟は彼の耳元で、

「大丈夫。怪我はさせない」

と囁《ささや》いた。

『すみやかにバスを停めなさい』

気がつけば前後左右、パトカーに囲まれていた。藤悟は運転手に強く命令した。

「このまま走れ！　絶対に停めるな！」

パトカーの回転灯が、藤悟の顔をうっすらと赤く染めていた。

30. 水戸→東京 07

午後四時十分。気づけばあたりは夕日の色に染まっていた。車内にも眩《まぶ》しい光が射し込み、修一の顔を照らす。前方を見ると、まだまだ長い列が続いていた……。

渋滞にはまってもうどれくらいの時間が経つだろう。少なくとも三十分以上が経過しているにもかかわらず、流れる気配はない。疲労の溜《た》まっている修一はハンドルを軽く叩《たた》きため息を吐く。

ブレーキを踏んだまま修一は、目を細めながら中尾を見る。先ほどから何か考え事をしているようだが、恐らく栃木県で事故を起こした仲間のことではないだろうか。あれ以来、中尾の様子が変わった。悲しんでいるのか、東京タワーを目前にして硬くなっているのか、それとも急に警察を恐れだしたか。口数が減ったのは明らかだった。修一も口を開かなくなっていたので、車内には重苦しい空気が流れていた。人質も皆、怪我人まで出た中尾関連の事件を知って緊張している様子だった。

途切れず聞こえてくるのは、ラジオのニュース。通常の番組は中断され、ずっと栃木で起きたバスジャック事件の続報を伝えている。

テレビもバスジャック事件一色だろう。まさかとは思うが、中尾の言うとおり他の仲間も計画を実行しているのなら、本当に日本中は大パニックのはずだ。

自分も警察に追われているのだから、そんなことを気にしている場合ではないのだが、今はなぜか中尾たちのことしか考えられなかった。彼らが不思議でたまらない。自分がこんなにも他人に興味を持つなんて、意外であった。

突然、激しい物音がした。修一はハッと我に返り横を見ると、中尾が壁を蹴《け》りつけたようだ。

「いつまで続くんだよこの渋滞！」

修一はハンドルから手を離し、腕を組んだ。

「知るかよ。俺に言うなよ」

「別にお前に言ってねえよ」

「あっそう……」

中尾は独り言を呟《つぶや》く。

「もう少しだっていうのによ……もしかしてこの先で検問やってんじゃねえのか？」

中尾はそれをすぐに否定した。

「それはない。警察は未《ま》だこのバスには気づいていないはずだ」

「そんなん分からねえだろ。これは茨城のバスなんだぞ？　こんな所走ってたら不自然だろ。周囲の奴らが通報したって可能性だってあるんだぜ」

中尾はあくまで強気だった。

「それならそれで突破するのみだ。俺は絶対に東京タワーへ向かう」

「突破？　おいおい勘弁してくれよ。運転してるのは俺だぞ？」

「お前は人質なんだ。俺がやれといったらやるんだよ。それに突破するくらいワケないだろ」

修一は中尾に聞こえないくらいの声で、

「偉そうに」

と文句を言う。早く警察に捕まっちまえばいいんだ。

「それにしてもウゼえなこの渋滞」

修一はハンドルを強く叩き苛立《いらだ》ちを発散させる。しかしその声は中尾の耳には届いていないようだった。また携帯をいじっている。よほど掲示板が気になるようだ。

「あれ？」

その直後であった。彼が疑問の声を上げたのは。

「どうした？」

修一が尋ねると中尾は、

「俺がセージのことを書き込んで以来、誰も返してない」

と答えたのだ。

「何だ、そんなことかよ」

だが中尾にとっては深刻なようだった。

「また何かあったんじゃ……」

ちょうどその時、ラジオのアナウンサーの気になる言葉が耳に入ってきた。

『たった今入ってきたニュースです』

一瞬にして車内が静まり返る。修一は息をのみハンドルを握りしめる。アナウンサーはこう言った。

『栃木県に続き、今度は千葉県でバスジャック事件が発生しました』

その内容に、修一は咄嗟《とっさ》に中尾に目を向けた。中尾はニュースに聞き入っている。

『事件が起きたのは本日正午頃。場所は千葉県銚子市。旭市行きのバスにナイフを持った十五、六歳の少年が乗り込み運転手を脅し、バスを占拠したとのことです。人質となっているのは運転手と二十歳の女子大生。どちらも今のところ怪我をしている様子はないとのことです。

現在、バスは東京都江戸川区を走行中。警察が説得を行っていますが、少年は説得に応じる様子はないとのことです。また、途中で下ろされた乗客の一人が、少年が犯行を実行する直前にノートパソコンで、『みんな、これから実行するぞ』という内容の文章を書き込んでいたのを目撃していること、更に栃木で起きたバスジャック事件の発生時刻や行き先も似ていることから、二人の少年には何らかの関わりがあるとみて警察はその裏付けを急いでいます』

今度は千葉？　しかも東京のどこかにいる？

修一は中尾の方を見て思わず声を洩《も》らす。

「マジかよ……何なんだコイツら」

しかし、未だそれだけではなかった。

それは、五分後のことだった。アナウンサーの口調が更に慌ただしくなったのだ。

『また新たな情報が入ってきました！　さらに静岡県でもバスジャック事件が発生したとのことです！』

立て続けに事件が伝えられ、さすがの修一も驚きを隠せず、運転手としばらく目を合わせてしまった。

「おいおい……どうなってんだよ」

中尾は真剣な目つきで一点を見つめている。

『事件が発生したのは同じく正午頃。場所は静岡県三島市JR三島駅付近。湯河原温泉行きの大型観光バスに少年が押し入り、東京タワーへ向かえと命令。途中で乗客は全て下ろされたとのことですが、その時に取り残されたのか、人質となっているのは運転手と若い男性の二名。現在バスは東京都大田区を走行しています。この少年も先の二つの事件との関わりが非常に強いと見て、警察は捜査を進めています。

一日に三件ものバスジャック事件が発生するのは初めてのことで、同時多発テロの可能性もあると、警察は東京都民に警戒を呼びかけています……』

アナウンサーが喋《しゃべ》っている途中で中尾はこう言った。

「みんな、警察に追われてるってことか。書き込みどころじゃないな」

『……少年の一人が、犯行直前にノートパソコンを使っていることから、ネットにも手掛かりがあるとみて調べを進めています』

中尾は勝ち誇ったように微笑んだ。

「無駄だ。俺たちの部屋に入るにはパスワードが必要なんだ」

修一は、一つひとつのニュースを振り返る。中尾を入れて、バスジャックを起こした奴はこれで四人。そのうちの三台が東京タワーに向かっており、既に東京都に入っている。たかがネットでの約束でここまで……奴らは何なんだ？

「なあ、一ついいか？」

中尾はラジオを聴きながら、

「なんだ」

と低い声音で返してくる。

「さっき、色々な不満があるって言ってたけどよ、お前の不満って具体的に何なわけ？」

中尾は顔を背けた。

「……お前に話すことなんて何もねえ。なぜ突然そんなことを聞く」

「よほどのことがなければ、バスジャックなんてしねえよな、って思ってよ」

未だ渋滞は続く。こんなにも時間がかかるなんて、この先で一体何をやっているのだ。

検問の可能性がかなり強いと思うのだが。

「ムカックんだよ」

「は？」

先ほどの話題は終わったと思ったのだが、中尾は語りだした。

「何が？」

中尾は声を張り上げた。

「全ての奴らがだよ！」

「どうして」

「片方の親がいねえからって、それだけで差別しやがってよ」

「片方の親って、離婚したのか」

中尾は寂しそうに言う。

「そうだ。俺が五歳の時に」

「父ちゃんと一緒か？　それとも母ちゃんか？」

「母親の方」

「そっか。そりゃ大変だな」

「お前に何が分かる」

「分からねえよ。でも俺のダチにも、母親と二人暮らしってのがいるから、多少は分かるんだよ。そいつは離婚じゃなくて、父親が早くに死んじまってよ、母ちゃんが働きに出ることになっちまって、苦労してるみたいだった」

中尾は過去を思い出しているようだった。

その時、ようやくあの男をバスに乗せた理由が分かった。中尾は、あの男を待っている子供の気持ちを誰よりも知っているのだ。

「で？　どんな差別されたわけ」

そう聞くと、再び中尾の表情が怒りに満ちる。

「小学生の時だ。クラスで給食費がなくなったことがあって、真っ先に俺が犯人扱いされたんだ。あいつの家には父親がいなくて金がないから盗んだんだってな」

修一はあえて何も返さず、中尾の次の話を待った。

「実際俺は何もやってねえのに教師からも疑われて……金が見つかれば良かったんだが、結局は見つからず、犯人は俺ってことに。その日から学校や近所でも変な目で見られるようになってよ」

突然中尾から怒声が飛んできた。

「おい！　聞いてんのかよ！」

修一は前を見ながら頷《うなず》く。

「ああ。それで？」

「父親授業参観の時、俺の父親が来ないって分かっていてワザと、お前の父親来ないのかってさんざん聞かれて悔しい思いもした。段々イジメはエスカレートして、何かにつけてアイツには父親がいないからって言われるようになって……」

「それで？」

「嫌味な同情をしてくる奴らもいた。買い物をしている時、いつも大変だろうって余り物を渡してくる店の奴らだ。優しくしてるつもりだけど、本当は俺らのことを馬鹿にしてるんだ」

「それで？」

「最悪だったのは、高校入試の時だ。そう、ついこの間だ。私立は行かないつもりだったけど、どうしても母親が滑り止めを受けておいた方がいいって言うから、二人で学校説明会に出たんだ。その時に個別相談があったんだが、父親がいないって分かった途端、授業料払うの大変だとか、入学金が高いだとか……」

　修一は大きく息を吐き出し、

「それで？」

　と同じ返しをする。

「だから……ムカツクんだよ何もかも！」

「それで終わりか？」

「どういう意味だよ！」

　話が終わったと判断した修一は呆《あき》れるように首を振った。

「何だよ。それだけのことかよ」

　その発言に中尾は激怒し壁を思い切り蹴《け》り上げた。それでも修一は動じなかった。

「てめえ！　マジ殺されてえのか！　これだけじゃねえ！　他にも俺はいろんな屈辱を味わってきたんだよ！　お前に何が分かるんだよ！」

「だから言ったろ。何も分からねえって。ただ一つ言えるのは、お前はまだまだ甘いってこった。どうせ他の仲間とやらもそうだろ。自分が一番不幸だって思い込んでるだけだ」

「何だと？」

「お前以上に辛《つら》い思いしてる奴なんて腐るほどいるぜ。それくらいで一々バスジャックしてたら、この世は滅びてるっつうの」

「お前は自分が味わったことないからそう言えるんだ。お前は人をいたぶって楽しんでる側だろ。俺はそういう奴が一番許せないんだよ！」

程度が低すぎて怒る気にもなれない。

「俺はそんなつまらねえことしねえよ。イジメって何が楽しいわけ？　虚《むな》しくなるだけじゃん」

「口だけだろ」

「あいにく俺は、自分自身のことで精一杯だからよ。他人に構ってる暇はねえんだ。だからイジメなんかに興味はないわけ。ま、イジメられてる奴を見つけたら助けてはやるかもしれねえけど、俺の学校じゃ、そんな馬鹿げたことなかったからな」

「そんな奴いねえよ。俺が侮辱されても、誰も味方になんかなってくれなかった」

「じゃあ、俺が友達だったら少しは人生違ったかもな」

「誰がお前なんかと……」

「俺だってごめんだよ。でもよ、俺は人を差別することなんてしねえよ。だからお前が母子家庭って聞いても何も思わなかったけどな。確かにムカツク奴らは一杯いるけど、集団でイジメるなんて汚ねえ真似はしねえ」

中尾はそれ以上言い返してはこず、口を閉じてしまった。

「それによ、さっきから他人がムカツクってそればかり言ってるけど、だったら自分で変えてみようって思わないのかよ。ムカツク奴らなんて相手にしねえで、自分が強くなってけばいいんじゃねえの？　こんな事件起こしたって、何も変わらねえよ」

俯《うつむ》いてしまった中尾はただ、

「うるせえよ」

と呟《つぶや》くだけだった。

「ま、お前の人生だ。どうなろうが興味ねえけどな」

ようやく、車がスムーズに動き出した。渋滞の原因は何だったのかと考えていると、『事故』と表示を出しているパトカーが二台停まっているのが見えた。

「何だよ。事故かよ。迷惑かけやがってよ」

その言葉にハッとした中尾はとり繕うように、

「だから言ったろ。検問じゃないって」

と返してきた。

しかし修一の目にはハッキリと映っていた。交通整理をする警官の姿が。

「でも、警察がいるのに変わりないぜ」

「そんなの無視だ。もし停められても突き進め」

一台、二台と流れ、警官に近づいていく。なぜか修一まで緊張していた。

「普通にしてろよ」

「分かってるよ」

だが不自然なのは当たり前であった。警官の横を通る時、修一と目が合った。

「スピード上げろ！」

バックミラーを見ると、警官がこちらを見ている姿が映っていた。

「おい……絶対にバレたぞ」

中尾は臆《おく》さなかった。後ろを確認しながら、

「警察が来ようが関係ねえ。東京タワーに行くのみだ」

と、自分に言い聞かすように改めて強い意志を示してきた。

「分かったよ。東京タワーまでつき合ってやるって」

父親がいないという理由で周りからイジメられ、ついには犯罪にまで手を染めてしまった中尾に、不器用ではあるが修一なりに優しい言葉をかけたつもりであった。

だが他にもう二台のバスが、東京タワーに向かっている。ということは多くの警察が近くにいるということだ。

そんな中、本当に東京タワーまで到達できるのだろうか。

いつの間にか、中尾を何とか東京タワーに連れていってやりたいという気持ちが芽生えていた。途中で捕まったら、中尾は余計駄目になる気がするのだ。他人のことを、しかも

嫌いな奴のことをここまで考えるのは初めてのことで、自分でも意外だった。なぜなのか、その答えは分からなかったのだが。

31. 沼田→東京 07

血の臭いで充満している車内。白目を剝《む》いたまま息を引き取った主婦の遺体。あまりに凄惨《せいさん》な光景の中、直巳ただ一人が平然としていた。とはいえ、ドウと、トーゴのニュースをラジオで聞き、内心では心配していたのだが。

二人とも大丈夫だろうか。この危機を何とか乗り切って無事、東京タワーに着ければいいのだが……。

しかし、日本中が大騒ぎになっているのは確かである。これからもっともっと嵐は大きくなっていくはずだ。報道されているのは未《いま》だ三台のみなのだから。

『前代未聞の大事件を起こした少年たち――』

自分たちは歴史にその名を刻まれ、永遠に語り継がれていく。

学校の奴らは僕の怖さを思い知るだろう。

両親は今テレビを観ているか。自分の息子が事件を起こした集団の一人だと知った時、どんな顔をするだろうか？　もう見て見ぬふりはできまい。

父はこれまで積み重ねてきたもの全てを失う。母は世間の目を恐れ家から出られなくなるだろう。そして死ぬまで、犯罪者の親と言われ続けるのだ。

「せいぜい苦しめばいい」

直巳はほくそ笑む。夕日に照らされると、余計不気味であった。

東京タワーまであと一時間程度か？

全ては計画通りだった……そう思われた。

突然、バスの速度が落ち始めた。

「どうしたんですか？」

運転手は恐る恐る答える。

「少し、混み始めてきました」

標識には『巣鴨《すがも》駅』とある。その先には直巳でも知っている『御茶ノ水』の文字。

ずっと順調に走っていたというのにどうしたのか？

その時直巳の目に、晴れ着を着た多くの参拝客が映った。駅の方に向かっているようだ。

「初詣《はつもうで》渋滞か……」

運転手は参拝客を見てこう洩《も》らす。

その言葉に直巳は歯ぎしりする。

「ゴミども……邪魔すんな」

と呟いた直巳は運転手に指示を出す。

「とにかく早く行ってくださいよ」

「分かっています……でも渋滞はどうにも」

「他の道はないんですか」

「ずっと標識を頼りにここまでやってきたので、裏道は全然……」

直巳は舌打ちする。

「全く、使えませんね」

「すぐに流れ出せばいいんですが」

しかし運転手の言葉とは裏腹に、参拝客の数は増え、道は混雑していく一方であった。

「何なんですか！」

再び苛立《いらだ》ちが募る。後ろでは遺体の隣に座る女性が鼻をすすって泣き出した。

「うるさい黙れ！」

血に染まった女性はビクリとし、必死に声を抑える。

「子供だって大人しくしてるのにどうしてできないんだ！」

佳奈は大人しくしているのではない。もはや失神寸前なのだ。

直巳は遺体の目の前に立ち、

「こんな邪魔なモノがあるからいけないんだ！」

と叫び、遺体の腕をとって力一杯引きずっていく。床が滑りやすいのでまだ良かったが、思っていたよりも重く、額から汗が滲《にじ》む。息が切れる。

ようやく一番後ろまで運んだ直巳は遺体の腕を乱暴に離した。

「最後まで手間のかかる人でしたね」

呼吸を荒らげながらそう吐き捨て、元の位置に戻ろうと歩みを再開させた。その直後であった。急に胸騒ぎを感じた直巳は振り返った。

瞳《ひとみ》に、赤い光が飛び込んできた。数台のパトカーがこちらに向かってやってくるのだ。

あれは違う。このバスを目的としているのではない。呆然《ぼうぜん》とする直巳は自分にそう言い聞かす。しかし、一台のパトカーから男の声が聞こえてきた。

『少年に告ぐ。人質を解放し、下りてきなさい』

その途端、通りを行く参拝客の足が止まり、あたりはざわつく。バスに、視線が集まる。

警察の言葉が脳に伝わった瞬間、目の前が真っ赤に染まった。

「なに命令してるんですか……」

口が震える。ピクピクと血管が浮かび上がる。

「お前らも邪魔する気か」

冷静を保とうと無理にメガネを直した直巳は、足早に運転手の下に向かう。

「警察が来ました！」

運転手は返答に迷う。

「あの女が通報したんだ！　そうに決まってる！」

直巳は一人で吠《ほ》え続ける。

「もっと飛ばせよ！」

「いやしかし、前が塞《ふさ》がっていて……」

「ぶっ潰《つぶ》していけばいいんだ！」

「そんな……」

「早くやれ！　殺すぞ！」

『少年に告ぐ！　バスを停めて下りてきなさい』

「黙れ！　耳障りなんだよ！」

と振り返ると、左右にまでパトカーが接近してきていた。

「目障りだ……去れ」

直巳は、小型の消化器爆弾を握りしめた。女性が怒りのこもった声で告げる。

「こうなったらもう無理よ。あなたは捕まるしかない。殺人まで犯したんだから、罪を償いなさい。もう降参しなさい」

女性は怯《ひる》まず、直巳を睨《にら》み付ける。

その言葉と態度が許せず、直巳は、自分をコントロールできなくなった。

「奴隷のくせに……生意気だ！」

包丁を振り上げた直巳は、有無を言わさず女性の顔を切りつけた。ピシャリと赤い血が飛び散り、直巳の顔につく。女性は悲鳴を上げ、うずくまる。

「泣き叫べ！」

そう言い放った直巳は、佳奈を抱き上げ、首に包丁を押しつけ、それを警察に見せつけた。佳奈は、失神してしまっていた。

窓を開け、怒声を飛ばす。

「邪魔だ！　失《う》せろ！　命令通りにしなければ子供を殺すぞ！」

危険と感じたのか、両サイドのパトカーは一旦《いったん》速度を下げ、再び後ろについた。

「運転手！　もっとスピード上げろ！」

直巳は舌をだしながら周辺を見渡す。そして、後方にいるパトカーに向かって唾《つば》を吐き捨てた。

それがあまりに快感で、笑いがこみ上げた。

32．銚子→東京　07

警察に完全に包囲されたバスは隅田川を渡り、低速で進んでいく。車内のちょうど真ん中に立っていた道彦は、隣にいる亜弥から外に視線を移す。

どこを見ても、赤い光が目に飛び込んでくる。数十分でパトカーの数は倍以上に膨れ上がっていた。遠くの方には多くの報道車も確認できる。街の人々も何事かと立ち止まってこちらを見ている。あたりは、大騒動になっていた。

警察が来るのはもちろん想定内であった。しかしこうして追い込まれ、崖《がけ》っぷちに立たされると、冷静を保つことはできなかった。

『今すぐに人質を解放して下りてきなさい』

何度聞いたかこの言葉を。

そんな説得で止めると思うのか。

亜弥が隣にいるのを忘れ苛立ちをあらわにした道彦は運転手の下に駆け寄る。

「おいまだか！」

ずっと穏やかだった道彦が、再び犯罪者の顔つきになる。

「東京駅がもうじきなので、あと少しで着くのではないかと……」

それを聞き少しは落ち着きを取り戻した。

「……いよいよだな」

そう思うと胸が強く締めつけられた。もうじき、仲間たちが集結する。

運転手と会話をしている最中も警察の説得は続いていた。

「ムカックな」

不満を洩らした道彦はナイフを運転手の首元にもっていき、いつでも殺せる、という動作を見せた。すると、しばらく警察の声は聞こえなくなった。

ふと、亜弥が気になり道彦は後ろを向いた。ずっと立っていた彼女は、座席の肘《ひじ》掛けに腰を下ろし俯《うつむ》いていた。道彦は、心配そうに歩み寄った。

「アヤさん？」

どんな状況にたたされても、道彦は亜弥にだけは優しく接した。

「どうしました？」

彼女の顔を覗《のぞ》いた道彦は、ハッと驚いた。亜弥が、涙を浮かべているのだ。道彦は慌てふためく。

「ど、どうしたんですか」

亜弥は下を向きながら涙声でこう言った。

「本当はあなた悪い人じゃないのに……もう見てられない」

「アヤさん……」

道彦は、握りしめているナイフが彼女の視線に入っていることに気づき、咄嗟《とっさ》に腰のあたりに隠した。

「最後にもう一度だけ言うわ。これ以上罪が大きくなる前に、止めてほしい」

亜弥に説得されても、やはり気持ちに変わりはなかった。しかし、口に出すこともできなかった。

「どうしてこんなことまでしなくちゃいけないの？」

辛《つら》くて、言葉が出ない。今度は道彦が俯く。

「大事件を起こせば周囲の目は変わる。バカにされないようになるってさっき言ってたけど、何も変わらない。将来を捨てるだけよ！」

亜弥の一言一言が胸に突き刺さる。

「あなたは悪くない。悪いのは、あなたをここまで追い込んだ人たちと……」

いくら亜弥とはいえ、その先だけは言ってほしくなかった。

「僕の、仲間が悪いと？」

「そうじゃない。悪いのは……ネットよ。確かに便利なモノかもしれない。でもその反面、もの凄《すご》く怖いモノなの」

違う。ネットは僕を救ってくれた。弱くて、誰にも相手にされない僕に手を差しのべてくれた。

もちろん亜弥のことは好きだ。でもネットを否定するのは許せない。

段々、道彦の目が鋭くなっていく。

「あなたは未《ま》だ、それに気づいていない。分かっていたら、こんなことするはずがないわ」

「違う！」

声を出したと同時に、一番後ろの席に置いてあるノートパソコンが揺れのせいで床に落ちた。道彦は失いかけていた冷静さを取り戻し、ノートパソコンを拾いに行く。そして、再び亜弥の下に戻った道彦はこう言った。

「大きな声を出してしまってごめんなさい。きっと、多くの友達に囲まれて幸せに育ったアヤさんには、僕と全く逆の人生を歩んできたアヤさんには、僕の気持ちは分かりませんよ」

道彦と亜弥はしばらく見つめ合う。道彦からは、目をそらさなかった。

「アヤさんの悲しむ姿は見たくないです。できればここで下ろしてあげたい。でも、もう少しだけ我慢してください」

この時だけは、警察も、報道陣も、目に入っていなかった。

再び、亜弥の目に涙が滲《にじ》む。

だが道彦は見て見ぬふりをした。

ふと前方を見ると、東京駅が目に映る。

気がつくと、あたりはうっすらと暗くなりはじめていた。見上げると、紅《あか》い夕日が落ちようとしていた。

33．三島→東京 07

計画は、いよいよ大詰めを迎えようとしていた。しかしその直前に大きな壁が立ち塞《ふさ》がり、藤悟は最大の危機に追い込まれていた。

藤悟は依然、笹島の頭にボウガンを向けていた。だがそれは警察を脅すためであって、引き金を引く気などないし、そんな勇気もない。心の内を読まれ、車内に突入されたら終わりである。故に内心、オドオドとしていた。虚勢を張るのに精一杯だった。緊張もピークを迎えているのか、今にも足が崩れ落ちそうだ。

焦る藤悟はしきりに場所の確認をする。

ちょうど今、人通りの多い大きな駅を通り過ぎたところだ。駅名は五反田《ごたんだ》。田舎の駅と比べると数倍の広さだ。

いつしか風景もガラリと変わっていた。周りには高層ビルやマンション、そして高級ホテルばかりが建ち並んでいる。田舎とはまるで違う都会の景色に藤悟は圧倒された。

『少年に告ぐ。すみやかに人質を解放しなさい』

その言葉が聞こえるたび、藤悟は重圧を感じる。

「東京タワーはまだか！」

藤悟は運転手に問い詰める。運転手は、自信なさそうにこう答えた。

「東京タワーは確か……芝公園ってところにあるんだよねえ？」

そうだったような、違うような。混乱していて思い出せない。どうしても赤い光に目がいってしまう。

「今、芝公園って標識に出てたけど、そこかな……」

それを聞き、笹島の首を絞めている腕につい力が入る。

「何キロって書いてあった」

「あと五キロ」

「五キロ……」

もう、目と鼻の先ではないか。もうそろそろ見えてきてもおかしくはない。

「とにかく急げ」

と命令すると、運転手は弱気に答える。

「あ、ああ」

そしてなぜか、メーターのあたりを気にする。

「どうした？」

声をかけると運転手は慌てて姿勢を正す。

「いや……別に」

どうしたのだ。ずっと態度のでかかった運転手が急にソワソワとし出した。

しかし今はそれどころではない。

「……もう少しだ」

徐々に、東京タワーに近づいている。今、『サエキ』ではなく東原藤悟で警察と、そして自分自身と戦っている。もし、こんなところで捕まったら情けない自分のままだ。

『馬鹿な真似はよしてすぐにバスを停めなさい』

藤悟は、警察からの重圧に必死に耐えようとする。しかし、笹島から追い打ちをかけられる。

「もう……止めた方が。これじゃあ絶対に捕まっちゃいますよ」

笹島は自分のことよりこちらの方を心配しているようだった。

「捕まる前に、何がなんでも東京タワーにはいかないと……」

「でも……」

「いいからあんたは黙って人質やってりゃいいんだ」

語気を強めると笹島は口を閉じた。

バスは新高輪《たかなわ》プリンスホテルを越え、一直線に走っていく。

あと四キロ程度か。

頼むから早く着いてくれ。

しかし願いとは裏腹に、前方の信号が青から赤に変わりバスは停車する。

「信号邪魔だよ」

と文句を洩《も》らしたその矢先の出来事だった。

なぜか急に、バスのエンジンがストップした。それにいち早く気づいた藤悟は、

「おいおい何やってんだよ」

と運転手に問い詰める。すると運転手は慌ててキーを捻《ひね》る。何度も、何度も。しかしエンジンはいっこうにかからない。

「おい……どういうことだよ」

運転手は恐る恐るこちらを振り向き、ボソリとこう言った。

「燃料……切れだ」

その瞬間、藤悟は自分の耳を疑った。

「燃料切れ？　う、嘘だろ？」

「実は、運行前の給油、忘れてたんだ。さっきまで気づかなかったんだけど……そのうえまさか東京タワーまで行くなんて思わないだろ？」

「だったら何で途中でガソリン入れなかったんだ！」

「だからさっきまで気づかなかったんだって。君が乗ってきて、俺もテンパってたしさ」

藤悟は顔を引きつらせ、

「……そんな」

と口を開く。

運転手が嘘をついているとは思えなかった。

「こんなとこで……」

頭の中は真っ白。眩暈《めまい》を起こしそうだ。自分が何を言おうとしているのかも分からない。

しばらく呆然《ぼうぜん》としていた藤悟は、信号の青い光を目にし我に返る。

バスは、動かない。警察も不審に思っているに違いなかった。

どうしてこうなるんだ。いつも運に見放される。今日は特にそうだ。何をやってもうまくいかない。

外は警察だらけだ。降参するしかないのか。

東京タワーを目前にして、諦《あきら》めるのか。

いやダメだ。ここで諦めたら今までの自分のままだ。仲間だって待っている。どんなことをしてでも東京タワーに行かないと。

だがもたもたしていたら警察が乗り込んでくる。

藤悟は、険しい目つきで前方を見据えた。

あと四キロ程度なら、行ける。いや行かなきゃ。

「来て！」

藤悟は、笹島を引っ張ってドアへ向かった。

「な、何をするんですか」

笹島が弱々しい声を出す。

「いいから黙って付いてきて」

手でドアを開けた藤悟は、思い切って外に出た。

『今、少年がバスから下りてきました！』

どこからか聞こえてくる女性の声。一斉に浴びせられるフラッシュ。多くの警官もパトカーから出てきた。その瞬間、あまりの緊張に藤悟は嘔吐《おうと》しそうになる。今にも心臓が破裂しそうであった。

引くに引けなくなった藤悟は笹島の頭にボウガンを向け、

「来るな！」

と叫ぶ。警官隊は一歩後ろに引く。

「人質を解放するんだ。な？　話し合おう」

背広を着た刑事が優しい口調でそう言ってきた。藤悟は間髪容《い》れず口を開く。

「うるさい！　それ以上近づいてきたら人質を殺すぞ」

背後に警察がいないのを確認した藤悟は、ゆっくりゆっくり後ろ向きで歩く。十メートル、二十メートルと徐々に距離が広がっていく。ジリジリとした睨《にら》み合いが続く。

「動くなよ！」

そして、約五十メートルの差が出たところで信号に差し掛かった。青に変わり、道幅の広い道路を渡り、赤になるのを待った。

全員、金縛りをかけられたかのようにじっとしている。

「どうするつもりですか……」

笹島にそう聞かれ、藤悟は警察を見据えながら答えた。

「言ったでしょ。何がなんでも東京タワーに行くって。ここから走ります。あなたにも来てもらいます」

「……そんな」

「信号が赤になったら走るんでそのつもりで」

数十秒後、青から黄色に、そして赤へ変わった。左右の車が動き出した瞬間、藤悟は笹島の手を引っ張って全力で走った。

一度振り返る。警官も動き出したが、車に邪魔されて渡ってはこれない。

ただ真っ直ぐ走っていても意味がないので、藤悟は途中の脇道に入った。

息が切れても、体力が限界に達しても、藤悟は決して足を止めなかった。もう、みんな待っているかもしれない。早く行かなければならない。

藤悟は東京タワーを目指し、がむしゃらに走り続けた。

34: 水戸→東京 08

修一は、バスのライトを点灯させた。前方を走るトラックに光が反射し、修一は目を細める。

時刻は、ちょうど午後五時を回ったところだった。ついさっきまで明るかったというのに、空はすっかり暗くなり、街にも光が灯《とも》り始めた。

現在バスは『上野駅』を通り過ぎ、近頃テレビでもよく聞く『秋葉原《あきはばら》』方面に進んでいる。その先は『東京駅』とある。東京タワーがどこにあるのかよく分からないが、恐らくもうじき建物が見えてくるはずだ。

しかし、このバスも警察が追ってきているのではないか。交通整理をしていた警官は不審車両だと気づいたに違いない。ましてや、各地でバスジャックが起きているのだ。何がしかの異常は察知してもおかしくはない。中尾だってそれくらいは勘づいているはず。だが、奴はあくまで強気だ。むしろ人質の修一の方が心配している。妙な心境だった。

そうは言ってもやはり中尾は緊張を隠せないようだった。こちらが気づいていないとでも思っているのか、しきりにサイドミラーを確認している。

修一は、雰囲気を変えようと能天気なことを口にした。

「おい。どうでもいいけど腹減らねえ？」

事実、疲労はピーク。胃袋も空っぽだ。しかし案の定、中尾からは馬鹿にしたような答えが返ってきた。

「こんな時に何言ってんだお前は。ホント頭悪いな」

「何も喰《く》ってねえんだからしょうがねえだろ」

「そういう問題じゃねえんだよ。マジで立場ってものが分かってねえな」

「お前な、少しは思いやりってものを……」

修一はその先を言いかけてやめた。なぜなら、人質の一人、Ｐコートを羽織った女性がビニール袋を持ってこちらにやってくるからだ。

「おいおい今度は女か……」

中尾も女性に気づき、咄嗟《とっさ》にナイフを向ける。女性は手を上げ、

「食べ物ならここにあります。サンドイッチです。バスの中で食べようと思って買っておいたんですけど……」

と怖々と言ってきた。不可解な行動に、中尾も反応が遅れた。

「な、何だと？」

「お二人の話が聞こえたので……渡しておこうって」

「余計な真似しなくていいんだよ」

袋を受け取らずに女性を追い払おうとしている中尾に、

「おい待てよ！」

と修一は声をかけた。

「何だ」

「せっかくだから貰《もら》えって。俺マジで腹減ってんだよ。お前も喰っとけよ。空腹だからイライラすんだろ」

強がってはいるが中尾も空腹だったのだろう。舌打ちしながら袋を受け取った。そして、

「行け！」

と乱暴な口調で女性を帰した。中尾は、袋の中をあさる。修一は、左手を伸ばした。

「おい。早くくれよ」

すると、ビニールに包まれたサンドイッチが飛んできた。運転しながらの修一はうまくキャッチできず、太股《ふともも》に落とす。すぐに拾い、運転手に渡し、

「悪いけど開けてくれる？」

とお願いした。中尾は既に食べ始めていた。

修一は運転手からサンドイッチを貰い、一口、二口とかじる。そしてアッという間に平らげた。まだまだ物足りないが、多少の腹ごしらえにはなった。中尾も少しは落ち着いたようだった。

「本当に呑気《のんき》だな。お前だって警察に追われてるんだぞ。ま、たかが万引きだけどな」

そうであった。つい忘れていた。

だが、何となくどうでもよくなっていた。ニュースまで流れ最初は混乱したが、警察にはありのまま話せばいいだけのこと。あとは流れに任せるしかない。そう思うようになっていた。

「まあいいや。これが終わってから考える」

「おかしな奴」

「お前もな」

バスは、全国一の電気街を誇る秋葉原の駅を通り過ぎ、神田《かんだ》、そして東京駅方面に進んでいく。しばらく車内は沈黙に満ち、修一はラジオに耳を傾けていた。

『三人の少年によるバスジャック事件の続報です。たった今、群馬県でもバスジャック事件が発生していたことが分かりました。運転手を含めた四人の人質のうち、二人の女性が血を流して倒れているとのことです。バスは現在……』

アナウンサーの次の言葉に、修一は思わず声を上げた。

『有楽町《ゆうらくちょう》駅周辺を走行中』

「有楽町？」

咄嗟に標識を探す。先ほど、『有楽町』と書かれてあったような気がする。だとしたら、すぐ近くにいるということだ。

『少年は、小学二年生の女の子に包丁を向けているとのことです。これで、バスジャックを起こした少年は四人……』

横で中尾が呟《つぶや》く。

「群馬はナオだ」

「そんなことよりおい、まだいるのかよ。しかも今の奴、人質を刺しちまったんじゃねえのか？」

一瞬にして車内の空気が凍り付く。

「ナオは……やりかねない。一番危ない奴だったんだ」

「てゆうか……」

修一はようやく肝心なことに気がついた。

「お前の仲間って、一体何人いるんだよ」

中尾は一つ間を置き、答えた。

「七人だ」

「七人……で、実行してるのがお前を入れて」

頭がこんがらがってよく分からなくなってきた。

「セージは事故を起こしちまって、リタイアだ。サブは断念したらしい。今のところ東京にいるのは俺を入れて四人だ」

「四台……」

頭を整理し考える。すると、修一はおかしなことに気がついた。

「おい、もう一人は？」

そう尋ねると、中尾は不可解なことを口にした。

「実は、おかしいんだ」

「何が」

「もう一人のハンドルネームはタカ。十四歳だ」

「で？」

「タカは、イジメを受けている教師を殺そうとしてる」

修一は呆《あき》れた。近頃の若い奴は、少しムカツいただけで殺そうと考える。まあ自分も若者のうちに入るかもしれないが……。

「だから何だよ」

「この計画を実行して、その教師を恐れさせると言っていた。もし何も変わらないようなら、絶対に殺すと」

「別に何もおかしなところはねえだろ」

「最後まで聞けよ！　変なのは、今日一度もタカは書き込んでいないってことなんだよ」

答えは簡単だった。

「そりゃお前決まってんだろ。怖《お》じ気づいて断念したんだよ」

「そんな訳ないだろ。この計画を考えたのは、タカなんだからよ」

計画を考えた張本人が掲示板に姿を現していない。

「お前みたいに、未《ま》だ報道されていないだけなんじゃねえのか？」

「そうかもしれねえけど、一度くらい書き込んでもいいだろ」

「そんなの知らねえよ。それよりも、さっきのニュース聞いたろ。そのナオってやらが近くにいるぞ。この道の先かもしれねえ。警察を避けたいんなら、道を変更した方がいいんじゃねえのか」

「珍しく頭を働かせたじゃねえか」

ちょうどすぐ前方に標識が設置されていた。国道1号に、『日比谷《ひびや》』の文字。

修一は運転手に問う。

「曲がっても大丈夫だよな？」

運転手は自信無さそうに頷《うなず》いた。

「恐らく、大丈夫だとは……」

修一は右にウインカーを出し、ハンドルを切った。そして、標識を頼りに国道1号線を目指す。道には、ほとんど車は走っていない。あたりはひっそりとしていた。その理由はしばらく走ってから分かった。近くに、皇居があるようなのだ。

「おい、どうした」

ふと横を見た修一は中尾に声をかけた。先ほどの話を気にしているのか、考え込んでいる様子だった。

「今更悩んだって仕方ねえだろ」

「別に悩んでなんかねえよ」

「そうかい。だったら……」

その時だった。修一の耳に、ヘリコプターの音と、いくつものサイレン音が聞こえてきたのだ。修一はまさかとバックミラーを見る。だが後ろには何も映っていない。追われているのは気のせいか、と思った矢先であった。暗闇に、赤い光が現れた。数台のパトカーが信号を左折しこちらに向かってくるのだ。

修一は生唾《なまつば》を呑《の》み込み、ハンドルを握りしめる。

「おい……とうとうきたぞ」

全乗客は、ホッと息を吐く。一番後ろに座る五人組の女子が後ろを向くと、中尾は怒声を飛ばした。

「動くな！」

ヘリコプターのプロペラ音も近づいてくる。中尾は舌打ちし、窓を開け上空を確認する。

ていく。

「こっちも警察かよ！」

数台のパトカーはサイレンを鳴らしながらこちらにやってくる。距離は、徐々に縮まっ
「もっと飛ばせ！」

修一はアクセルを目一杯踏んだ。

「もっとだ！」

「これが最高なんだよ！」

追いつかれるのは時間の問題であった。しかもタイミングが悪いことに前方の信号が青から赤に変わってしまった。

ブレーキペダルに足を移し替えたその時、中尾の命令が飛んできた。

「突き進め！」

無謀な指示に修一は声を張り上げる。

「赤だよ！」

「いいから行け！」

一台、また一台。数は少ないが確実に車は横断している。

「絶対に停まるな！」

「マジ死ぬぞ！」

「行け！　まくんだよ！」

「まいたってヘリがいるだろ！」

「とにかく行け！」

何を言っても無駄であった。この数秒で青に変わるはずもなく、修一は交差点に突っ込んだ。その瞬間、左右からクラクションを鳴らされる。修一の背中に、ヒヤリとしたものが走る。

周囲に、急ブレーキの音が鳴り響く。バスは間一髪通り抜けることができたが、横からきた二台の車は交差点の真ん中でスピンし接触する。

「おいおい知らねえぞ」

パトカーとの距離は広げることはできたが、ヘリは依然真上にいる。どうやらサーチライトも当てられているようだ。苛立《いらだ》つ中尾は目の前にいる男の子を抱き上げ、首にナイフを当てた。

「おい！　馬鹿な真似はよせよ」

「分かってんよ！　それより早く東京タワーへ行け」

予測した通り、パトカーはすぐに追いついてきた。アッという間に左右を固められてしまう。

「クソ！」

中尾は警察に、子供の姿を見せた。パトカーから声を浴びせられる。

『少年らに告ぐ。人質を解放し、下りてきなさい』

「少年ら？　おい……まさか俺も犯人扱いされてねえか？」

中尾は真顔で言う。

「当たり前だろ。運転してるんだからよ」

「おいおい勘弁してくれよ！」

「ちゃんと前向いて走れ！」

「ふざけんなよ……」

納得のいかない修一はブツブツと繰り返す。バスはもうじき国道1号線に入ろうとしている。

中尾の指示で、前を走る車を次々と追い抜いていく。右左とハンドルを切り返すたび車内が揺れ、乗客の悲鳴が上がる。

『そこのバス停まりなさい！』

運転に集中している修一の耳には聞こえてはいなかった。いつ事故を起こしてもおかしくないのだ。

一台、また一台とパトカーの応援がやってくる。

「チッ！　しつこい奴らだ」

中尾は男の子を抱きながらこう言ってきた。

「絶対に停まるなよ。このまま突き進め」

「分かってんよ！」

標識に書かれている『芝公園』の文字。修一は全く意識していなかった。東京タワーがもう目の前にあるということにも、未だ気づいてはいない。

35. 沼田→東京　08

直巳を乗せたバスの周辺もまた、赤い光一色となっていた。一般車両は脇道にそれ、バスはど真ん中を進んでいく。

直巳は失神した佳奈を抱いたまま奇声を上げ続けていたが、ラジオのニュースにピクリと反応し、耳を傾けた。

『……少年は、女の子に包丁を向け、追跡する警察の説得にも応じず、「東京タワーに集まれ」と叫び続けているとのことです。怪我を負っている二人の女性についてですが、二人とも倒れたまま動いている様子はなく、その安否が気遣われています』

自分のニュースが流れ、直巳は今日一番の快感を得ていた。もはや、十数台のパトカーなど目に映っていない。警察が何だ。自分は無敵なのだ。

家族よ、そして学校の奴ら、テレビを観ているか。ラジオを聴いているか。バスジャックの犯人の一人は新藤直巳だ。

『怪我をしている乗客は無事なのか』

直巳は大声で笑った。そして窓を開け、先ほどから叫んでいる言葉を繰り返した。

「お前ら！　東京タワーに集まれ！」

言い終えた直巳は満足し再びゲラゲラと笑った。顔を押さえながらうずくまっている女性をキッと睨《にら》み付け、踏みつけるようにして蹴《け》った。

「おい！　いつまで演技してんだよ！　顔あげろ！」

女性は痙攣《けいれん》しながら顔から両手をはずし、直巳を見上げた。

「助けて……殺さないで」

顔面は真っ赤に染まり、洋服も血だらけだ。しかし直巳にはその姿がおかしくてたまらなかった。

「何だその不細工なツラは」

そう吐き捨て、今度は運転手の下に歩み寄る。重い佳奈を座席に置き、荒い口調で尋ねる。

「まだかよ！　早くしろよ！」

運転手は刃先をチラチラと見ながら慌てて答える。

「もう少し……もう少しだけ待ってください」

「長くは待たねえぞ」

「……はい」

次に直巳は、気を失っている佳奈の前に屈《かが》み、頬を軽く叩《たた》いた。

「起きろ。もうすぐ着くぞ」

だがなかなか佳奈の意識は戻らない。それでも直巳はしつこく呼びかけた。すると、ようやく佳奈の目がうっすらと開きだした。やがて意識がハッキリとし、あたりを見渡す。しかし、直巳の姿を見た途端、佳奈は怯《おび》えた表情を浮かべ口をパクパクさせる。あまりの恐怖に、声を失っているようだった。直巳はニヤリと上唇を浮かせた。

「まるで金魚みたいだな」

そう呟《つぶや》いた直巳は立ち上がり、夜の景色を眺めた。

光に埋め尽くされた大都会東京。自分は今その中心にいる。全国民が注目している。そう思うと益々気分が良くなった。

パトカー、報道車に囲まれたバスは国道15号線をゆっくりと進んでいく。直巳自身、このまま東京タワーに到着すると決め込んでいた。

だが急にバスの速度が落ち、直巳は運転手に詰め寄る。

「何してる」

すると運転手は、

「道路が封鎖されてます」

と言って先を指さした。

「封鎖？」

前方を見ると、確かに多くの警官が道を塞《ふさ》いでいた。だが、直巳は鼻で笑う。

「無意味なことを。このまま突破しろ。何人ひき殺してもいいぞ」

「いや、でも……」

「言うことが聞けないのか？」

「そういう訳じゃ」

だが運転手にアクセルを踏む勇気はなく、バスは数十人もいる警官の前で停車した。銀色の盾を持った警官が、バスの前後左右にサッと移動する。車内に眩《まぶ》しいライトが当てられる。

「行けって言っただろ！」

「す、すみません……」

直巳は運転手の胸ぐらを掴《つか》み包丁を振りかざした。その時、一人の刑事が拡声器を使って呼びかけてきた。

『待て！ 待ってくれ！ 君とゆっくり話がしたい。少し時間をくれないか』

前方には警官。後方には数十台のパトカー。

たかがこれくらいで逃げ道を塞いだとでも思っているのか？　これだから大人は馬鹿なのだ。

直巳は、一切動じていなかった。包丁を腰に仕舞った直巳は一番後ろの窓を開け、そこから主婦の遺体を力一杯押して地面に落とした。鈍い音が周囲に響くと、警官らはビクリと一歩後ろに引いた。

直巳は平然と窓を閉め、今度は佳奈を抱き上げ首に包丁を当てる。

「その女は死んでるよ！　もう一人の女も……」

と言いながら直巳は血まみれの女性に包丁の切っ先を向けた。

「この通りだ。一分待つから道をあけろ。命令が聞けないなら、全員刺し殺すぞ！」

もちろん本気だ。

「もたもたしてると本当に殺すぞ！」

何らかの命令が出たのか、道を塞いでいた警官が移動しだした。

「行け！」

バスはすぐに動き出した。後ろのパトカーも同時に。

直巳は、警察に一言残してやる。

「お前らも、東京タワーに来い！」

前を見据えた直巳は舌打ちする。

「余計な時間とらせやがって」

それからバスは国道15号線を順調に進んでいった。車内は、静まり返っていた。それから数分後。

気配を感じた直巳は、右横に視線を向ける。すると、ライトアップされた東京タワーが目に飛び込んできた。直巳は思わず窓に手を貼りつける。予想以上の高さと綺麗《きれい》さに、しばらくうっとりしてしまう。

「これが……東京タワーか」

まだまだ距離はあるが、バスから飛び出したい衝動にかられた。

群馬から来た甲斐《かい》があった。

みんなはもう、目的地についているのだろうか。

「やっとこの時がきたぞ……」

バスは国道15号線から外れ、タワーに向かっていった。

36. 銚子→東京　08

亜弥は周りの景色を見て感じていた。

東京タワーはすぐそこだと。

『きっと、多くの友達に囲まれて幸せに育ったアヤさんには、僕と全く逆の人生を歩んできたアヤさんには、僕の気持ちは分かりませんよ……』

定岡から言われたこの言葉が頭から離れなかった。あれ以来、二人は会話を交わしていない。定岡はこちらに背を向け、警察の動きを窺《うかが》っている。外からの説得は続くが、彼は一切反応を見せない。こんな状況にもかかわらず、定岡は落ち着いている。少なくとも亜弥にはそう思えた。

定岡は目すら合わせなくなった。こちらを避けているような、そんな空気を感じる。

亜弥は胸が苦しかった。不思議なことに、定岡と話がしたいと思っている。内容は何だっていい。こんな別れかたは辛《つら》すぎる。

どうして目も合わせてくれないのか。

自分がこんな気持ちになるなんて思わなかった。もちろん彼を好きになったわけではない。ただ、放っておけない。心配なのだ。

こちらから話しかけようか。だが何と声をかけたらよいのか分からない。それに、口を利いてくれなかったら……。

迷っていると、ふと定岡がこちらを振り返った。硬くなる亜弥は、目を上げられない。しかし彼の一言で緊張はほぐれた。

「アヤさん。ちょっと、座りませんか？」

亜弥は周りにいる警察を気にしながら、

「……はい」

と頷《うなず》いた。定岡が窓際に座り、亜弥はその隣につく。しばらく二人は、夜景を眺める。

それだけで亜弥の気持ちは落ち着いていく。

「綺麗ですね」

定岡のその言葉を聞き、ホッとした自分がいた。

「ええ」

「アヤさんとは少しの時間しかいられなかったけど、楽しかったです」

亜弥は何も返せない。

「本当にごめんなさい。恐い思いをさせてしまって」

こんなにも純粋な子が周りからは凶悪犯だと思われている……。

亜弥の瞳《ひとみ》から涙がこぼれた。

「ど、どうしました？」

亜弥は涙を拭《ぬぐ》い小さく口を開く。

「悲しくて……」

「アヤさんが悲しむことはないですよ。もう少しで、外に出られるんですから」

そう言った定岡はノートパソコンを開きこちらに見せてきた。画面に映っているのは、二人で作った街の夜景。

「結局、途中までしかできませんでしたね」

街を作り始めたのは数十分前のはずなのに、ひどく懐かしく思える。

「そんなことない。すごく綺麗」

「そうですか？　もっと時間をかければ更にすごい街になるんですよ」

無邪気に話す定岡の姿に、亜弥はほんの少しの笑みを浮かべた。

しかし、定岡と一緒にいられる時間はもう長くはない。それを改めて感じたのは、東京タワーが姿を現したからだ。

周りの建物よりも遥《はる》かに高く、ライトアップされた赤いタワーは二人の目を釘付《くぎづ》けにした。

別れの合図。

お互い、素直に綺麗とは思えなかった。

「もうそろそろ着きますね。そしたら、サヨナラだ」

亜弥は、東京タワーから目を離す。

「……ええ」

再び会話が途切れる。定岡も何を喋《しゃべ》ったらよいのか迷っている様子であった。すると何を思ったのか定岡は、急にノートパソコンをいじり始めた。

「どうしたの？」

と問うてもキーボードを打つのに没頭している。亜弥は黙って待つことにした。

数分後、定岡はノートパソコンの蓋《ふた》を閉じ、こちらに渡してきた。

「え？　何？」

亜弥は蓋を開こうとした。

「ダメ！　開けないで！」

そう言われ亜弥は手を止めた。

「そのノートはアヤさんにプレゼントします」

「でも……」

「いいんです。僕と別れた後に開けてください」

亜弥はしばらくノートパソコンを見つめ、

「はい」

と頷いた。いつしか東京タワーは真正面にきていた。徐々に徐々に巨大なタワーに近づいていく。到着するまであと五分もかからないだろう。また不安がこみ上げてきた亜弥は定岡から貰《もら》ったノートパソコンを強く胸にあてる。定岡は決意したような表情でじっと前を見据えている。

彼はもう私のことではなく、来るかどうかも分からない、仲間のことを考えている。

亜弥にはそう思えた。

37. 三島→東京 08

時計の針はとっくに五時を回っている。空はもう完全に真っ暗だ。みんな、既に到着しているのではないだろうか。

東京タワーを目指し、笹島を引っ張りながら無我夢中で走り続けていた藤悟は体力の限界を感じ、一旦《いったん》足を止めた。そして笹島と一緒にその場に屈《かが》み込む。真冬だというのに、大量の汗が地面にポツポツと落ちる。白い息が舞っては消える。こんなに走ったのは生まれて初めてのことだった。心臓の鼓動が耳にまで聞こえてくる。

バスがガス欠など起こさなければ……そう思うと腹が立ってくる。

現在いる高級住宅街は都会とは思えないほど静かであった。微《かす》かに、ヘリの音が聞こえるくらいだ。音からすると、ずっと同じ位置にいるようだが、自分たちの事件に関係しているのだろうか。

突然背後に人の影を感じ、藤悟はハッと振り返った。しかし気のせいか、誰もいない。警察が来る気配もない。神経過敏になっているだけだ。

とりあえず逃げ切ったようだ。あの時、脇道に入ったのが正解だった。だが未《ま》だ油断は禁物である。警官たちがきっと近くにいるはずだ。

ガクガクと膝《ひざ》を震わせながら立ち上がった藤悟は、

「行くぞ」

と笹島の手を引っ張る。しかし、笹島は立ち上がろうとしない。

「もう少し……休ませてください。未だ走れませんよ」

笹島の要望を聞いている場合ではなかった。一刻を争う状況なのだ。

「いいから来い。警察に見つかったらどうするんだよ」

まるで酔っぱらいのように、二人はヨロヨロと進んでいく。しばらくその状態が続き、体力が多少回復したところで藤悟は再び走り出した。しかし、すぐに笹島は足を止めて歩きに戻ってしまう。その繰り返しで思うように進めない。

「おい……走れって。もう少しだから」

息を切らしながら笹島にそう言った。

その直後、どこからか聞こえてくる男たちの声に反応した藤悟は、笹島の手を強く引っ張り、目の前にあるマンションの入り口扉を開き中に隠れた。息を潜め、外の様子を窺う。数人の警官があたりを探している。いくつもの懐中電灯の光が交差している。喋り声まで聞こえてくるほど警官との距離は近かった。

藤悟は、笹島の口を押さえ耳元で囁《ささや》いた。

「絶対に声出すなよ」

笹島は、うんうんと頷く。

逃げ道はない。もし仮に笹島が大声を出したら終わりだ。藤悟は、跳ね上がる鼓動の音が外に洩《も》れて聞こえるような気がして思わず胸を押さえる。押し寄せてくる緊張と恐怖。息をするのも忘れていた。

警官が去ったのはそれから数十秒後であった。二人は立ち上がり、藤悟が外の様子を確認する。大丈夫だろうと判断すると、藤悟は笹島を連れ、足音を立てないようにゆっくりと歩き出す。もちろん急いではいるが、走ることはできなかった。またどこで警官が現れるか分からないからだ。藤悟は注意を払いながら、慎重に進んでいった。

大通りが見えてきたのは、それから数分後のことだった。目的地には着実に近づいていた。

そして、それは突然であった。藤悟は思わず足を止めていた。あまりの迫力に圧倒されてしまった。

一体、何メートルあるというのだ。

赤く光る東京タワー。藤悟はようやく、目的のタワーを発見することができた。隣にいる笹島まで感動している。

「あれが……東京タワーですか」

藤悟は、強く頷《うなず》く。そして表情を引き締めた。

もたもたしてはいられない。一刻も早く到着しなければならない。

残り一キロもないだろう。

みんな、待っていてくれるだろうか。

「もう少し……」

自分にそう言い聞かせ、藤悟は勇気を振り絞り、笹島を連れて大通りに出たのだった。

38. 水戸→東京 09

東京都千代田区、桜田門《さくらだもん》付近。

国道1号線桜田通りは、修一が運転するバスとパトカーのカーチェイスによって大騒動となっていた。

周囲に鳴り響くサイレン。ヘリのプロペラ音。

上昇していくスピードメーター。

修一はバックミラーで後ろを確認しながら右、左とハンドルを切る。そのたびにバスは大きく揺れ、タイヤがすり減り音を鳴らす。

サイドミラーに映るバイクが気になり、修一はほんの一瞬よそ見をする。

「前！」

運転手から声が飛び、向き直ると急接近しているワンボックスカーが目に映る。修一は慌ててハンドルを左に切り隣の車線に移る。何とか事故を回避することができ、修一と運転手は大きく息を吐き出す。

いつ死人が出てもおかしくない運転に修一自身、心臓が飛び出してしまいそうであった。これでは命がいくつあってもたらない。

それでもブレーキを踏むわけにはいかず、修一は汗で湿ったハンドルを握り直し、器用にバスを操作していく。しかし、いくら逃げても警察はピッタリとマークしてくる。苛立《いらだ》つ修一は舌打ちし、中尾を一瞥《いちべつ》する。修一は思わず、

「おい！」

と強い声を飛ばしていた。

こんな状況にもかかわらず、中尾は携帯をいじっていたのだ。自分が必死にパトカーから逃げているのがバカみたいであった。

修一は速度を落とし、前方と中尾を交互に見やる。

「未だそんなの気にしてんのかよ」

中尾は画面を見ながら、

「うるせえ」

と、それどころではないといったような口調で返してきた。

修一は、先ほどの中尾の話を思い出した。

「……タカって奴のことか？」

聞いても中尾は無視であった。

「で？　何か書き込んできたか？」

中尾は横に首を振った。

「いや……まだだ」

「おい。ハメられたんじゃねえのか。そいつはただ冗談のつもりだったんじゃねえのかよ」

中尾はキッとこちらを睨《にら》んできた。

「そんなわけねえだろ！」

「だから最初から言ってるように、ネットっていうのはな……」

今更こんな話をしていても仕方がない。中尾が罪を犯したことに変わりはないのだ。それに今は、東京タワーに到着させることだけを考えていればいい。

『少年らに告ぐ！　人質を解放しバスを停めなさい！』

警察が先ほどから何度も繰り返し使っているその言葉に、修一は反論しようとする。

「だから俺は犯人じゃねえっつうの！」

だがそんな主張が届くわけもない。とうとうニュースにまで流れてしまう。

『少年らによる同時バスジャック事件の新たな情報がたった今入ってきました。つい先ほど、人質を乗せた五台目のバスが確認されたとのことです。警視庁の調べによりますと、事件が起きたのは茨城県水戸市。二人の少年が……』

案の定、修一も犯人扱いであった。

「マジでふざけんなよ……」

もう、開き直るしかなかった。修一は頭をボリボリと掻《か》きながら、

「どうにでもなれっつうの！」

と声を上げ、アクセルを深く踏み込む。

中尾は再び男の子を抱き上げナイフを向ける。

修一は、前を見ながら中尾にこう言った。

「おい！　ちゃんと俺のこと警察に言えよな。無罪だってよ」

中尾は外を見ながら、

「知るか。それに万引きはやってんだから。無罪ってわけでもねえだろ」

と生意気な口調で返してきた。

「うるせえ」

そこで二人の会話は途切れた。

修一は、眩《まぶ》しいほどの明かりに囲まれた都会の風景を見ながら、

「あとどのくらいだ」

と呟《つぶや》く。東京タワーの正確な位置は分からないが、もうそろそろ見えてきてもいいはずだ。

それから、約十分間。多くのパトカー、そして報道車に追われながら、バスは一定の速度で進んでいった。

「おい……どこだよ」

前方にばかり集中していた修一の目には入っていなかった。

初めに気がついたのは、隣にいる運転手であった。

「あ、あれ！」

運転手が突然声を上げ、左斜め方向を指さした。

そこには、赤く光る角が見えていた。未だ頂上部分しか見えていないが、明らかにそうであろう。

「東京タワーだ」

修一は確信した。

中尾も顔を向ける。しばらくその状態のまま固まっていた。

進むにつれ、東京タワーの姿がハッキリとしてくる。どの建物よりも目立ち、輝いている。度肝を抜くほどの高さであった。赤い反射光が、夜空を照らしている。

「よし……やっと着いたな」

東京タワーを眺めながら、中尾はそう言った。決意に満ちた声であった。

修一は思う。中尾の仲間たちは既に到着しているのか。恐らく、東京タワーの周りは大パニックになっているだろう。

もうじき、目的地に到着する。

だが気を抜くのは、未《ま》だ早い。

39. 東京タワー 01

一台のバスが東京タワーに到着しようとしていた。一番乗りを果たそうとしているのは、直巳だ。

まるで野獣が興奮しているかのように、佳奈を抱いた直巳は外に向かって吠《ほ》え続けていた。

「そうだ！　その調子で付いてこい！」

直巳には全ての人間が奴隷に見えていた。

王様の気分とはこんなものか。気持ちよすぎて笑いが止まらない。直巳は高らかに笑い声を上げた。佳奈の激しい痙攣《けいれん》にも気づかないほど、全ての感覚が麻痺《まひ》していた。

あと残り何百メートルか。もうほんのわずかな距離である。瞳《ひとみ》一杯に広がっている東京タワー。窓から離れた直巳は顔を押さえながら倒れている女性を足でどかし、運転手の横に立つ。

「この時を待っていたんだ」

直巳は、心の中でカウントダウンを始めていた。バスはとうとう最後の交差点に差し掛かり、右に曲がった。すると、タワー周辺に集まっている何百人ものマスコミから、一斉にフラッシュを浴びせられた。

あまりの眩しさに運転手は速度を落とし、ゆっくり東京タワーに進んでいく。

夜空に一直線に伸びている巨大なタワーは、フロントガラスには収まりきれなくなり、直巳の視界から頂上部分が切り離された。

『たった今、一台目のバスがやってきました！　少年は小さな女の子を抱き、首に包丁を向けています！』

アナウンサーの声。カメラのフラッシュ。パトカーの赤い回転灯。バスは、人込みに近づいていく。

「ど、どうしましょう」

運転手の問いかけに直巳は、

「タワーの駐車場に入れ」

と指示を出し、クラクションをしつこく叩《たた》いた。すると警察、マスコミは慌てて端にそれた。

バスは低速で進んでいく。そしてとうとう、タワーの目の前にまでやってきた。敷地内に入ったバスはライトを浴びながら奥へ奥へと進んでいく。直巳の目に、広々とした駐車場が見えてきた。そこにも大勢の警官が待機している。しかし未だ合図は出さない。更に奥へと行かせる。

やがて、行き止まりとなった。直巳はタワーの脚の目の前で運転手に命令した。

「よし……停まれ」

運転手は静かにバスを停車させた。警察は遠巻きにバスを包囲する形になった。

隣にあるスタジオの屋上には狙撃《そげき》隊まで配置され、銃口がこちらに向けられている。だが無闇には撃てまい。窓にはシェードを下ろしているし、撃てば少女が死ぬことくらい分かっているだろう。

ラジオからは今まさにこの現場の状況が伝えられる。

『犠牲者を出してしまったバスが今停まりました！　中にいるもう一人の女性は無事なのでしょうか！　窓のシェードが下りているため、確認できません！』

「いよいよか……」

直巳は、フロントガラスから東京タワーの下層部分を見つめながらこう口を動かした。

「観ているかアンタたち」

直巳の脳裏には、両親の顔が浮かんでいた。

それから、数分が経過した。外が大騒ぎになっている中、一人の中年刑事がバスに近寄り、声をかけてきた。

「私と少し話をしてくれないか？」

直巳は、開いている窓の前に立ち、

「いいですよ」

と答えた。東京タワーに到着した途端、直巳の興奮状態はおさまっていた。メガネの位置を直し、冷酷な目を向ける。

「その代わり、あなた以外の警察をバスから離してください。落ち着かないんですよ。そのくらいは聞いてくれてもいいでしょう」

「分かった。そうしよう」

刑事の指示が下ると、徐々に警官がバスから引いていく。

「これでいいか？」

直巳は納得し頷《うなず》いた。

「いいでしょう」

刑事は、最初にこう聞いてきた。

「君の名前は？　私は、小田《おだ》という」

直巳は、拒むことはしなかった。

「ナオです」

「そうか。ナオくんか。まず最初に聞きたいんだが、もう一人の女性は無事なのか？」

直巳は倒れている女性を一瞥《いちべつ》し、

「多分、生きてるでしょ」

と簡単に言った。

「頼むから、人質を解放してくれないか」

直巳は間髪容《い》れず答えた。

「それはできません。人質を解放した途端あなたたちはバスの中に突入してくるでしょ？　それくらい分かってますよ」

二人の目線が、しばらく重なる。小田は話題を変えてきた。

「他に、三台のバスがこちらに向かっている。一人はさっきバスから下りたが、彼も東京タワーを目指しているそうだ。君たちは、仲間なのか？」

「ええ。そうです」

「なぜ東京タワーなんだ？」

直巳は首を傾げた。

「さあ？　なぜでしょうかね。僕が決めたわけじゃないので分かりませんよ」

「じゃあ、誰が決めたんだ？」

「別に誰だっていいでしょう」

「君たちの、リーダーは誰なんだ？」

「リーダー？」

直巳は面倒くさそうな顔をする。

「いませんよそんなの」

「じゃあ、君たちの目的はなんだ？」

「目的？」

「何か、要求でもあるのか？」

直巳は、フッと鼻で笑い飛ばした。

「別に要求なんてありませんよ」

「じゃあ……一体」

「とにかく僕は仲間を待ちます。あなたもそれまで大人しくしていてください。下手なまねをしたらこの子を刺し殺します。このバスごと爆弾で吹っ飛ばすこともできますよ」

直巳は小田に喋《しゃべ》る間《ま》を与えず、窓を閉めシェードを下ろした。

「おい！　窓を開けてくれ！」

直巳は小田の声を無視し、ラジオに耳を傾けながら携帯を手にし、掲示板に最後の書き込みをした。

『ナオです。やっと着いたよ。みんなが来るのを待ってます』

外は、マスコミの声で再び騒がしくなった。


道彦と亜弥を乗せたバスも、最後の交差点に入ろうとしていた。道彦は、瞳に大きく広がっていく赤いタワーを見つめていた。亜弥を、背にして……。

車内には、重い沈黙がおりていた。亜弥にノートパソコンを渡した道彦は、仲間のことだけを考えるようにしていた。ノートパソコンを渡した時点で彼女とは別れたのだ。気持ちを切り替えなければならなかった。

しかしそうは思っても、心は複雑だった。

初めて好きになった人は未《ま》だ後ろにいる。

本当は振り返りたい。そして彼女を見つめていたい。でも、仲間と約束した場所にあと少しで着こうとしている。中途半端な気持ちで、みんなには会えない。

彼女にはサヨナラを告げたのだ。ここでまた後ろの席に戻るなんて恰好《かっこう》悪すぎる。

そんなことを考えているうちにも、バスは最後の交差点を曲がり、真正面に見える東京タワーに進んでいく。道彦は口元をキュッと締め、ナイフを更に強く握りしめた。

タワーの周りは大勢の警官、そしてマスコミでごった返していた。バスのライトが人込みに当たると、全員がこちらを振り返る。カメラが向けられた瞬間、無数のフラッシュを浴びせられる。あまりの眩《まぶ》しさに道彦は腕で顔を隠した。

『二台目のバスが東京タワーに到着しました！　中にいる人質は無事なのでしょうか！』

テレビカメラに向かってそう話すアナウンサー。

バスは、人込みの真ん中をゆっくりと進んでいく。三百六十度、数え切れないほどの視線を感じる。道彦の身体は緊張で硬くなる。

気持ちを落ち着かせたかったのか、無意識のうちに道彦は後ろを振り返っていた。

そこには、悲しそうな目でこちらを見つめている亜弥の姿があった。大事そうにノートパソコンを抱えている。

二人は見つめ合う。しかしお互い口は開かなかった。揺らいでいる気持ちに気づいた道彦は、前に向き直った。

バスは駐車場に入り、ぐるりと回る。すると、タワーの横に停まっている一台のバスが視線に飛び込んできた。その瞬間、警察、マスコミ、そしてこの時だけは亜弥の存在すら頭から消え去った。

ただ一点を見つめ、小さく口を開く。

「あのバスの、後ろに停まるんだ」

ハンドルを握る運転手は前方を見つめながら頷いた。

「……はい」

道彦は、停まっているバスから目が離せない。

あの中にいるのは誰だ？

長い期間ネットで一緒だった仲間の誰かが乗っている。

考えを巡らせているうちに、バスは静かに停車した。その途端、遠巻きながら再び一斉にフラッシュが浴びせられた。アナウンサーも興奮した口調でマイクに喋る。

前方のバスとの距離は、約五メートル。

こちらから見て、後ろを向いているバスの中の様子は確認しづらかった。

あのバスには誰が？

そうだ。掲示板を見れば分かるのではないか。掲示板を見ることができるノートパソコンは、亜弥が持っている。

道彦はもう一度亜弥を振り返るが、すぐに視線を外した。

どうにかコミュニケーションをとる手段はないか。バスを見据える道彦は、突然ハッと目を大きく見開いた。

リアガラスの向こうに、女の子を抱いた少年が現れたのだ。

彼もこちらに気づき、驚いたような表情を浮かべている。

目と鼻の先に、メンバーの一人がいるのだ。

ネットの世界から飛び出してきた気分であった。会うのは必然である。だが、夢のようだった。

初めて仲間と顔を合わせた道彦は、しばらく硬直してしまった。嬉《うれ》しい気持ちと戸惑いが交差する。

まるで自分を見ているようだった。顔や恰好は全然違うが、彼も同じような不満や怒りを抱いているはずだ。

「あれは……」

ハッキリと顔は見えないが、メガネをしている。イメージ的には、ナオかタカだ。

すぐ近くにはいるが、声は届かない。

ネットではありのままの思いを伝えることができるのに。彼は親友なのに。今の気持ちを、どう表現したらよいのか分からなかった。

その場に立ち尽くす道彦は、右手に持っているナイフを軽く上げた。すると、あちらも長い包丁を上げ、返してきた。

二人はその状態のまま、長く見つめ合っていた。

「やっと会えたね」

二人はすっかり自分たちの世界に入り込んでいた。

道彦は何かに取り憑《つ》かれたかのように、瞬《まばた》き一つせずそう言ったのだった。


もうみんな着いているのか？

暗闇の中に響く二つの激しい足音と、荒い息づかい。藤悟は何とか警察の目をかいくぐり、東京タワーから約百メートルほど離れた芝公園の中に入り込んだ。

慎重にあたりを確認すると、警官たちが続々とタワーの方に向かっていく。藤悟は、歩調を早めた。

現在の状況が全く分からない藤悟は焦る気持ちでいっぱいだが、警官やマスコミで周囲がごった返している東京タワーに直接向かうのは危険だと判断し、まずは遠くから様子を窺《うかが》うことにしたのだ。

未だ息の荒い藤悟と笹島は、どこか隠れる場所はないかとあたりを見渡す。近くに寺があるが、周りには参拝客がいて忍び込むどころではない。

藤悟は仕方なく、大きな木の陰に座り込む。東京タワーが一番よく見える位置である。

四本の脚で支えられているタワーは、一体何百メートルあるのか。藤悟は口をあんぐりと開けたまま、頂上を見上げていた。

未だ、実感が湧かない。本当に東京タワーまで来てしまったなんて……。

突然、藤悟の全身に凍えるような寒さが襲ってきた。

動きを止めた途端、全身の汗が一気に乾き、急に寒さを感じたのだ。いや、これは緊張のせいか？

小刻みに身体を揺らし、吐息で両手を暖めながら、藤悟は木の陰から顔を出し、現場の様子を窺う。

数百人にものぼる警官とマスコミ。上空には地上を照らすヘリコプター。

既に他のバスは到着しているのか？

報道陣はどこまで情報を得ているのか。あまりに騒然としすぎていて、どの声も聞き取れない。

しばらく現場の動きを窺っていた藤悟は、

「そうだ」

と携帯を取りだし、掲示板にアクセスした。最後に書かれている文が目に飛び込んでくる。

『ナオです。やっと着いたよ。みんなが来るのを待ってます』

藤悟は、自分がイメージしている彼の顔を思い浮かべる。

「……ナオか」

彼一人か？

しかし、いくら考えても見当はつかない。

それより、ここからどうする？　それが問題だ。みんなと早く会いたいが、このまま出ていっては捕まるだけだ。とはいえ、ずっとここにいる訳にもいかない。こちらには笹島という人質がいるが、公園を包囲されたら危険だ。

藤悟はひとまず、掲示板に自分の居場所を伝えることにした。

『いま、東京タワーから少し離れた芝公園という場所に隠れてる。現場の様子も見えてるよ。ナオの他に誰かいる？　僕も早くみんなに会いたいです。トーゴ』

携帯をいじる藤悟は、突然頭に冷たいモノを感じた。

何だろうと顔を上げると、ふんわりとした白い雪が夜空からふってきた。

「……雪だ」

寒さを忘れ、藤悟は両手を広げる。こんな時にもかかわらず、心が弾む。しかし一方の笹島は、雪を眺めながら悲しそうにしていた。

「ど、どうした？」

声をかけると笹島は、空を見ながらこう言った。

「家族を……思い出してしまって」

そうだった。笹島は北海道から都会へ出てきたのだ。

「北海道って……雪だらけなんだろ？」

その質問に、笹島は優しい笑みを浮かべた。

「今はそうですけど、一年中じゃありませんよ」

「そ、そっか……」

藤悟は一旦《いったん》現場の様子を確認し、再び笹島に目を向けた。

「アンタの住んでるところって、どんなとこ？」

とりあえず喋《しゃべ》っていれば、緊張がほぐれると思った。

「どんなとこって言われても……」

笹島が喋りだしたその時だった。東京タワー周辺が、更に騒がしくなった。

また一台やってきたか？

藤悟は咄嗟《とっさ》に立ち上がっていた。

40．東京タワー 02

修一は、運転手の腕時計を確認する。

このバスに乗り、ちょうど五時間半が経過した。

中尾たちによるバスジャック事件は、もうじき幕を下ろすのか。

修一の運転するバスは、とうとう最後の信号を曲がり、前方にそびえ立つ東京タワーに直進していく。白いライトが、夜空から舞う雪を照らし出す。何百人もいる警官が、一斉に慌ただしくなる。

タワー敷地入り口を通過したバスは道なりに進んでいく。どこを見ても警官が配置されている。

間もなくバスは駐車場に入る。修一はアクセルを踏み続ける。数秒後、その足が離れた……。

中尾は、ただ一点を見つめていた。修一の目にも、ハッキリと映る。

縦に隣接する二台のバス。ここに停まるんだと、他の仲間に呼びかけているかのようであった。

二台のバスにはそれぞれ中尾の仲間が乗っているのか。それとも一台に集まっているのか。どちらにせよ、他の仲間が来るのをひたすら待っているのだろう。ここから見る限り、未《ま》だ捕まっている様子はない。

修一はバスから視点を変える。

東京タワー周辺は、敷地内には警察以外は立ち入れないようだ。隣にあるスタジオの屋上、そしてタワーの中にも警察が待機している。狙撃隊《そげき》までいるではないか……。

ラジオからは興奮した口調のレポートが流れてくる。

『続いて三台目のバスがやってきました！　このバスには二人の少年がたてこもっており、そのうちの一人はバスを運転しています！　人質は、無事なのでしょうか！　ゆっくり、ゆっくり二台のバスに近づいていきます！』

何を言われても修一は深刻な表情のままだった。中尾は、大勢の人に圧倒されているのか、不安を抱いているのか、緊張しているのか、それとも仲間のことだけを思っているのか。

車内は沈黙に支配されていた。

確実に、停まっている二台との距離は縮まっていく。修一は緊張を殺すように、大きく息を吐き出す。だが、心臓の鼓動の激しさは増すばかりであった。耳に、心音が伝わるほどだ。

重い空気の中、中尾がおもむろに口を開いた。

「二台の中の様子が分かる位置で停めてくれ」

中尾の声は、落ち着いていた。不思議なほどに。

二台のバスは現在、数字の『1』を表すような配置で止まっている。修一はどこで停め

たらよいのか頭に描き、

「……ああ」

と小さく頷《うなず》いた。そして、軽くハンドルを切る。

二台のバスまで、残り約五十メートル。修一の目にはもはや、東京タワーは映っていなかった。ただ一点を見据える。

少しずつ左にハンドルを動かす修一は、ブレーキに足を移した。

その時だった。二台のバスそれぞれのサイドガラス越しに、二人の少年が現れたのだ。一人は小さな女の子を抱え、もう一人は何かを語りかけるように口を動かしている。修一は二人の少年を見比べながら、『ト』の字になるようにバスを停めた。

ギアをニュートラルに戻した修一は、ハンドルから両手を離した。しかし、事件そのものが終わったわけではない。解放された気分にはなれなかった。

中尾たちはお互いの顔を見つめながら動こうとしない。初めて会う仲間に戸惑っているのか。

しかし、それは間違いであった。

一切言葉をかわしていないのに、彼らはホッとしたように笑みを浮かべたのだ。まるで、心の中で会話をしていたかのように。そして、三人が手を上げる。

不思議な光景だった。彼らは初めて会ったはずだ。それなのに、長年の友達のようではないか。

同じ不満や怒りを抱いた者たちが、ただネットで繋《つな》がっていただけなのに……。

全てを分かり合っているようだった。

思っていたよりも遥《はる》かに、中尾たちの結束は固かったのか。

修一は、彼らを羨《うらや》ましく思っている自分に気がついた。

自分には、ここまで通じ合える友はいない。こんな状況にもかかわらず、微笑みあえるような仲間はいない。みんな、上っ面のつき合いだ。

ふと、女の子を抱いている少年が携帯を取りだし、ボタンを打ち始めた。中尾も携帯を手に取り、画面に没頭する。修一は、何も声はかけなかった。かけられなかった。三人を、眺めていることしかできなかった。警察の呼びかけにも反応できないくらい、彼らに目を奪われていた。

もう一人の少年は携帯を持っていないのか、二人のやり取りを気にしている様子だった。

中尾が独り言を口にしたのは、それから間もなくのことだった。

トーゴが、近くに……。

そう言った気がする。

『バスから下りたもう一人の少年はここにやってくるのでしょうか？』

ラジオからアナウンサーの声を聞き修一は確信した。

トーゴが近くにいる。中尾はそう言ったのだ。

修一は無意識のうちにあたりを見渡していた。だが、警官だらけでそれらしき者は見当たらない。

「……おい」

修一は中尾に声をかけた。中尾は携帯から目を離しこちらを向く。

修一は、こう聞いていた。

「東京タワーに着いたはいいが、これからどうするつもりだよ。こんな状況じゃ逃げるなんて無理だぞ。警察だってバカじゃねえ。いずれ突入してくる」

中尾は、二人の仲間を一瞥《いちべつ》する。

「俺には……分からねえよ。とにかく、タカが来るまで待つことになった」

「もし……こなかったら？」

中尾は、答えなかった。

世間を見返すという目的は果したつもりだろうか。捕まる覚悟はできているようだった。

それなら、もう何も言うことはない。

修一はただ、時が経つのを待つしかなかった。

それから、約一時間が経過した。その間、中尾たち、そして警察の動きはなく、膠着《こうちゃく》状態が続いていた。人質も疲労困憊《こんぱい》。グッタリとしてしまっている。彼らは警察の説得には一切応じず、タカという仲間をひたすら待っていた。

修一と中尾との間にも、会話はなかった。中尾はどう思っているのか知らないが、修一には喋《しゃべ》る言葉が見つからなかった。あれほどぶつかり合っていたのが嘘のように、二人は目すら合わせなくなっていた。

そして、更に三十分が経過した午後七時十分。事態は突然、大きく動き出した。

中尾が、驚いたように携帯から目を離し顔を上げた。修一も咄嗟《とっさ》に反応し、前方に停まっているバスを見る。すると、女の子を抱いた少年がバスから下りようとしているのだ。

修一は身を乗り出し彼の動きを追う。

扉が、開いたようだった。

『女の子を抱いた少年がたった今、バスから下りてきました！　右手には出刃包丁を握りしめています！　少年は何をするつもりなのでしょうか！』

人質がいるため、警察はなかなか動き出せない。少年は遠方からの無数のフラッシュを浴びながら、三台のバスの真ん中に歩んでいく。修一にも、彼の行動は予測できなかった。

ふと、中尾に目を移す。

中尾は目を閉じ、何度も深呼吸をしていた。

覚悟を、決めるように……。

あたりは、大混乱となった。

一体、どうしたというのか。突然仲間が、女の子を抱いて外に出たのだ。あまりに急な出来事だったので、道彦は動揺する。

掲示板を見られない道彦にとって、仲間の行動は予期せぬものだった。

他の仲間を待っていたはず。だが、東京タワーに着いてから一時間半以上も経過している。他のメンバーはこないと判断したのだろうか。確かに、限界は迫っていた。警察も、突入する態勢は整っている。

捕まる前に、直接話をしよう。そういうことなのかもしれない。だとしたら自分だけバスの中にいるわけにはいかない。

だが、外に出るというのは何を意味する？

心の準備が必要であった。外に出るのを恐れているのだ。いずれこうなることは予測していたはずなのに。

道彦はナイフを力強く握りしめた。

今更ビビッてどうする。一人でバスジャックして、東京タワーまで来られたじゃないか。

ここで怖《お》じ気づいたら、昔の自分に戻ってしまう。周りにバカにされるのはごめんだ。早く行け。仲間が待っている。目で、こちらを呼んでいる。もう一人の仲間も、外に出ようとしているではないか。

道彦の中で決意が固まっていく。

しかし、ドアを開けてくれという言葉が出てこない。

なぜなら、亜弥のことが心残りだからだ。このまま、何も言わずに別れてしまってもいいのか。彼女にはもう二度と会えないだろう。後悔しないのか。でも、振り返ってしまったら心が揺らぐかもしれない。仲間を裏切ってしまうかもしれない。

道彦にとって、辛《つら》い選択だった。両方、大切だと思うから。

「ドアを……開けてください」

道彦は、ドアに一歩近づいた。その時だった。

「待って！」

亜弥に声をかけられて、道彦はそれ以上動くことができなかった。

顔を見ずに去ろう。そう決めたはずだ。しかし、道彦は振り返ってしまう。

亜弥が目に入った途端、一緒にいた想い出が次々と鮮明に蘇《よみがえ》ってきた。

つい数時間前の出来事なのに、なぜか懐かしく感じる。東京タワーに着いてから一度も顔を合わせていなかったので、再会したような気持ちになった。

熱いものがこみ上げ、瞳《ひとみ》に涙が浮かぶ。道彦は俯《うつむ》き、口を開いた。

「もう……行きます。仲間が、待ってるから」

道彦は、亜弥の言葉を待った。

「私は、何もしてあげられなかった……」

最後まで優しい人だ。身体が、彼女に吸い寄せられそうになる。しかし道彦は決意が鈍る前に、運転手にもう一度お願いした。

「ドアを」

間もなく、前のドアが開く。

結局、二人の距離は縮まらなかった。

「さよなら……アヤさん」

道彦は、飛び出すようにして外に出たのだった。


その頃、芝公園の木に隠れていた藤悟も、現場に向かおうとしていた。

既にみんなバスから下りたのか。警官、マスコミが大きく動き出した。

『捕まってしまう前に、バスから下りて集まろう』

そう提案したのは直巳だった。最後の一人であるタカは、断念してしまったのだろうという考えで一致したのだ。

だが恨んではいない。たとえ、タカがこの計画の発案者だとしても、裏切りだとは思わない。彼には彼なりの事情があったのだ。

もう、時間は限られている。もたもたしてはいられなかった。

慌ただしく動く現場を見つめていた藤悟は、頭に載っている雪を払い、立ち上がった。

そして、こちらを見上げる笹島にこう言った。

「逃げていいよ」

笹島は怪訝《けげん》な表情を浮かべた。

「え？」

「みんなが、バスから下りた。自分も行かないと」

そう説明しても、笹島は立ち上がろうともしない。本当にいいのか、迷っている様子だった。

「人質はもういらなくなった。だから逃げていいよ」

二度目でようやく理解した笹島は、立ち上がる。

「本当に……いいんでしょうか？」

丸刈りに自信のない顔。そんな笹島を改めて見て藤悟は笑ってしまった。

「どうか……しました？」

思えば変な男であった。バスジャック犯がいるバスに自ら乗ってきたのだから。

でもこの男のおかげで、自分は『サエキ』ではなく東原藤悟としてここまでやってくることができた。笹島がいなければ、情けない自分のまま東京タワーにきていただろう。いや、ここに到達することすらできなかったかもしれない。失敗だらけの男で終わるところだった。

妙な出会いではあったが、会えて良かった。ネット以外でそう感じるのは初めてだ。

「あんたは……災難だったよね」

本心かどうかは分からないが、笹島は首を横に振った。

「……そんなこと、ないです」

「え？」

「ずっと恐かったけど、これで僕もまた少し強くなれたような……」

二人は、苦笑いを浮かべた。

「あんたのおかげで、東京タワーに来れた。本当に良かった」

突然現場から騒ぎ声が聞こえ、藤悟と笹島はハッとなる。

「僕は……何も」

「じゃあ……そろそろ行くよ」

笹島はしばらく間を空け、深く頷《うなず》いた。

「……はい」

藤悟はボウガンを持ち直し、笹島に軽く手を上げた。そして背を向け、唇を噛《か》みしめた。

「よし！」

一息吐いた藤悟は表情を引き締め、全力で走り出した。

41. 東京タワー 03

二台目のバスからも、中尾の仲間が下りてきた。その様子をアナウンサーは実況し、カメラマンはここぞとばかりにフラッシュをたく。

少年は周りを警戒しながら、最初に下りた彼の下に歩み寄る。聞こえはしなかったが、少しの言葉をかわした二人は、微《かす》かに安堵《あんど》の表情を浮かべる。そして、早くおいでというように、中尾の方に顔を向けた。

警察は安易に動けない。包丁を持った少年が、女の子を人質にとっているからだ。彼の手が少しでも動けば、女の子の首が切り裂かれる。

彼らは何をするつもりなのか。それは誰にも分からない。いつしかあたりは静まり返っていた。警察、マスコミ、そして修一は固唾《かたず》をのんで見守る。雪が強まってきたことにも気づかないほど、皆緊張していた。

ヘリの音が、周囲を包む。

中尾は、バスの先頭に立ったまま動かなかった。修一は声をかけようとしたが、なかなか口が開かなかった。

中尾は何を考えているのか。

彼はまた、深呼吸した。そして静かに目を閉じた。修一は瞬き一つせず、中尾を見つめる。

数秒後、中尾は決意するように力強く目を開けた。

中尾も仲間の下に行くのか。そう思った直後であった。中尾が、こちらを向いたのだ。二人の目がしばらく重なり合う。修一は、ようやく口を開いた。

「お前ら……どうするつもりだ？」

中尾は仲間を一瞥《いちべつ》し、こう返してきた。

「結局、集まったのは四人みたいだ。もう一人もすぐ近くにいる」

質問の答えにはなっていない。

「何するつもりだよ」

中尾はフッと笑いこう言った。

「派手に終わらしてやろうかと思ってよ」

修一が驚いた顔をすると、中尾は鼻を鳴らした。

「冗談だよ。ただ直接話がしたいだけだ」

修一は、何百人もいる警官に視線を移す。

「捕まりに行くようなもんだぞ」

「だから最初から言ってるだろ。別に捕まることなんて恐れてねえって」

口ではそう言っているが、怯《おび》えている。当たり前だ。

「あくまで俺たちの目的はな」

中尾はそこで言葉を切った。

「お前は俺たちのことをバカにしてるようだけどな、俺は後悔なんかしてねえぞ。俺たちには俺たちなりのやり方ってのが」

「おい」

修一は中尾の台詞《せりふ》を遮《さえぎ》った。

「誰がバカにしてるって言ったよ。確かにお前たちの企てた計画は馬鹿馬鹿しいかもしれねえけどよ、お前自身のことは見下してなんかねえぞ」

その言葉に中尾は意外な表情を見せた。

「ただ、さっきも言ったけどよ、逃げてんじゃねえよ。それじゃあ何も変わらねえぞ」

中尾は、揺らぐ気持ちをごまかすように反論してきた。

「お、お前に言われたくねえよ。万引きで追われてるただのバカに」

「うっせえ。黙れ」

そこで一旦《いったん》、二人の会話は途切れた。先に口を開いたのは修一の方だった。

「……行くのか」

中尾は、仲間に身体を向けて深く頷いた。

「……ああ」

「そうか」

心底ムカツいているが、中尾に特別な感情を抱いているのも確かだった。

ずっと一緒にいたからではない。張り合っていたからでもない。

どこか、似ている部分があるからか。

よく考えれば自分も、誰からもまともに相手にされていなかった。どちらかと言えば必要とされていない人間だ。

「もうお前に言うことは何もねえや。散々コキつかわれてマジ疲れたっつうの」

「ふん、あまり役には立たなかったけどな」

修一は顔を背けた。

「早く行っちまえよ」

「言われなくてもそうするよ」

ああ言えばこう言う。本当に生意気な奴だった。

だが、子供と離ればなれに暮らす男を子供の家まで送ってやるという、優しい一面もあった。

「ドア開けろよ」

修一はボタンを見つめる。そして、ゆっくりと人差し指を伸ばした。

前のドアが開く。修一は、中尾を振り返る。しかしもう既に、中尾は背を向けていた。

中尾は一歩二歩と進み、扉の前の乗降ステップを下りる。

突然、中尾は足を止めた。そして、後ろ姿のまま小さくこう言ったのだ。

「じゃあ」

最後まで愛想のない口調であったが、修一は中尾の背中に声を返す。

「……ああ」

中尾は振り向くことなく、外に出ていった。その途端、運転手は慌てて扉を閉めた。そしてその場に崩れ落ち、情けない声を洩《も》らす。

「た、助かった……」

修一は、仲間の下に歩み寄る中尾を目で追う。駐車場の中心で待つ二人は、照れくさそうに中尾が来るのを待っている。

しかし彼らは気づいているのか。警察が少しずつ少しずつ包囲網を狭めているのを。

だが、修一は心の中でも警告は発しなかった。とんでもないことをしでかす前に捕まった方が中尾のためだからだ。

日本中が、この一瞬を注目していた。静寂の中、俊介は二人の下に辿《たど》り着いた。その途端、不思議なことに不安が消え去った。心が段々と安らいでいく。

今、長い間ネットでやり取りしていた二人が目の前にいる。妙な感覚だった。

俊介はナイフを下ろし、二人それぞれに目をやった。まず初めに口を開いたのは、衣服の所々に血がついているナオであった。

「待ってましたよ。シュン」

ラジオのニュースで流れた、人を刺したというのはやはりナオのことだったのか。抱きかかえられている女の子の怯えかたも尋常ではない。

「ナオ……」

次にドウが挨拶《あいさつ》してきた。

「初めまして……っていうのはおかしいよね。ドウです。会えて嬉《うれ》しいよ」

「ドウ……」

小柄で少し頼りない感じのドウ。恥ずかしいのか、ずっと目を合わせてくれない。

俊介の口元が綻《ほころ》んだ。二人ともネットでのやり取りから想像していた通りだ。

「なんか……照れくさいな」

俊介がそう言うと二人は笑みを浮かべた。俊介も微笑み返す。三人とも、どこにでもいる十五歳の少年の表情であった。

「もう七時過ぎですよ。結構時間かかりましたね」

ナオの言葉にドゥは、

「だね」

と返す。俊介の脳裏には修一の顔がかすめた。だが、振り返りはしない。

「シュン？　どうしました？」

ナオに声をかけられ俊介は、

「いや、何でもない」

とごまかす。

「それより、トーゴが未《ま》だこないな」

と周囲を見渡した。しかし、目に映るのは大勢の警官ばかり。トーゴの気配など全く感じられない。

「近くにいるみたいなんですが……」

とナオが言ったその時だった。遠くの方から、荒々しい声が聞こえてきた。

「み、道をあけろ！」

三人は咄嗟《とっさ》に反応し振り返る。

「きっとトーゴだ！」

ドウが歓喜の声を上げる。

「そうみたいだね」

とナオが返す。俊介は固唾《かたず》をのみ、トーゴが来るのを待った。

「どけ！　道をあけろ！」

段々と声が近づいてくる。もう、すぐそこにいるようであった。通り道を塞《ふさ》いでいる警官たちが、警戒しながらもジリジリと左右に分かれていく。そしてその中から、ボウガンを手にした一人の少年が現れた。

「トーゴ！」

ドウが声をかけると、トーゴは走ってこちらにやってきた。三人はトーゴを迎えると、小さな輪を作った。

「遅れてごめん」

申し訳なさそうにしているトーゴにナオが優しい声をかける。

「気にしないで」

「そうだよ。謝ることなんてないよ」

とドウが続く。俊介も頷《うなず》いた。

「ああ」

「それより、どうしてバスから下りちゃったんです?」

ナオがそう聞くと、トーゴはこう答えた。

「バスが燃料切れで停まったんだ。だから走ってここまで。タワーの近くだったから良かったけど、距離が遠かったら多分無理だった」

「そうだったんだ」

とドウが納得する。

「大変でしたね」

「でもここまで来れて良かった。みんなに会えて嬉しい」

俊介は、トーゴが喋《しゃべ》っている姿を見て意外に思った。ネットではアクション映画オタク、そのうえおっちょこちょいで、情けない感じがしたのだが、実際は違った。顔つきは男らしく、喋り方も堂々としている。俗に言うアキバ系とは思えなかった。もしかしたらこのバスジャックが彼を変えたのかもしれない。

挨拶を終えた四人だが、会話はすぐに途絶えた。お互いの顔を見ることしかできない。本当は色々な思いが胸に詰まっているのに、俊介は何を喋ったらよいのか分からなくなってしまった。

いざ何かを話そうとすると言葉が出ない。なぜなら、お互いのことを知り尽くしているから。話していないことはないだろう。家族よりも深い関係なのだ。声がなくても、通じ合えるくらいの。

しばらくの沈黙。それを破ったのはナオであった。

「集まったのは、この四人ですか」

それは重い一言であった。俊介は他のメンバーを頭に浮かべる。

「サブとセージは残念だったね」

ドウはそう言って肩を落とす。

「タカは、やっぱり来られないのかな」

と、トーゴが呟《つぶや》く。俊介もタカのことは気がかりだった。タカに何があったというのだ……。

「掲示板にも何も書き込んでないし、ニュースも流れていない。やっぱり断念したんですかね」

ナオが考えているその可能性が一番強いのではないか。

「この計画を発案したのはタカだった。だからここに来させてあげたかったけど……」

俊介も、ナオもトーゴも、ドウと同じ気持ちであった。

「でも、仕方ない。きっと何か事情があるんだ。掲示板にも書き込まないのは、多分責任を感じているからだと思う」

俊介がそう言うと、三人は頷いた。

残念ではあるが、来られなかった他のメンバーを俊介は誰一人として恨んではいない。それはナオたちも同じなはず。

「セージは大丈夫かな。事故を起こしたってネットで見たけど。意識を取り戻していればいいんだけど」

ドウの言うとおり無事ならいいのだが。

彼にも会いたかった。七人の中で、一番苦しんでいたのがセージだったかもしれない。クスリにまで手を出してしまったのだから。

「サブは今頃どうしてるかな。俺はサブと似てる部分があったから、直接話してみたかったけど」

トーゴはサブの姿を想像しながらそう言った。

「仕方ないかもしれないけど、でもやっぱり七人で集まりたかったよね。ずっと一緒に生きてきた仲間なんだからさ」

俊介だって、ドウと同じ気持ちだ。だが、七人揃うというのは難しいことなんだとはよく分かっている。

「……ああ」

段々と、四人を包む空気が暗くなってしまっていた。ナオが雰囲気を変える。

「みんな、ここまで来るのにかなり大変だったでしょ？」

その質問をされると、なぜかドウとトーゴは目を伏せて固まってしまった。何かを、思い出しているようだった。

「どうかしました？」

ナオに声をかけられ二人は金縛りが解ける。最初に答えたのはドウだった。

「そう、だね。何より距離が長くて……あとは、人質を見張っているのが大変だったかな……」

次にトーゴが口を開いた。

「俺は何よりバスが停まったのが最悪だった。それ以外は……全て順調だったかな」

二人の話に聞き入っていた俊介は、

「シュンは？」

とナオに尋ねられハッとする。

「俺は……」

まっさきに思い浮かんできたのは修一の顔。

「変な奴に出会った」

「変な奴？」

トーゴに聞き返され、

「ああ」

と頷く。

「後で、コンビニ襲って追われている犯人、てことが分かるんだけど……」

そこでナオが割って入ってきた。

「ああ。ニュースで言ってましたね。シュン、そいつに運転させてたんですよね？」

俊介は長い間《ま》を空け、

「……うん」

と答えた。すると三人は後ろを振り返る。最初に見つけたのはドウだった。

「あの人だね。白いダウンジャケットの」

俊介は背を向けたまま、

「そう」

と小さく口を開いた。

「な、何かこっち睨《にら》んでるよ」

「こえ〜」

「頭悪そうな顔してますね。あんなのによく運転させようって思いましたね。事故を起こさなくて良かった」

三人の話を無言で聞いていた俊介は、強引に話題を変えた。

「それより、ナオ」

ナオは向き直り、

「はい？」

と目を大きくさせた。俊介は、ナオが持っている包丁と服を指さした。

「それ、血だろ？　ニュースで聴いたけど……」

そう言うと、ナオの目が微妙に揺らいだ。

「ああ、これね。僕のバスには使えない人間ばかりいて……」

「まさか……」

トーゴが心配そうに洩《も》らす。

「殺《や》っちゃったの？」

とドウが詰め寄った。二人のその反応を見たナオは、表情を和らげこう言った。

「そんなわけないじゃないですか。ちょっとしたアクシデントで、腕を切ってしまっただけですよ」

それを聞いた二人は、安心したように肩から力を抜いた。しかし俊介は見逃さなかった
……ナオの微《かす》かな動揺を。

「そ、そうだよね」

「さすがにそこまではね」

ナオは、話をそらすように真横にある東京タワーを見上げた。

「思っていた以上に東京タワーは綺麗《きれい》ですね」

俊介たちもタワーを眺める。白い雪が風景に加わり、更に輝いて見える。

「長い時間をかけてここまで来た甲斐《かい》があったよ」

トーゴの言葉にドウが返す。

「……だね」

四人は、自分たちの世界に入り込む。警察の姿など視界には映らない。

ナオが、夜空を見つめながらこう呟いた。

「いつも独りぼっちだった僕たちはネットで知り合い、色々なことを語りましたよね。時には、どうでもいいことも」

勇気を出して、自分の苦しみや不満を吐き出した時、みんなに分かってもらえて安心したのを俊介は今でも憶《おぼ》えている。他の六人も同じような不満、悩み、怒り、そして苦しみを抱いていたからこそ、分かり合えた。

あの日から少しずつ少しずつ七人の絆《きずな》は深まっていった。みんなと語り合うのが、何よりも楽しみだった。

「ぶつかり合うこともありましたよね」

仲間とはいえ、意見が分かれるときもあった。でもそれはそれで新鮮だった。友達と言い争うことなんてなかったから。

「本当にずっと一緒に居ましたよね。寝る時以外ずっと」

そう。どちらが現実の世界なのか分からなくなるくらいだった……。

ずっとナオの言葉を聞いていたトーゴが照れくさそうにこう言った。

「俺たち、ネットで繋《つな》がっていただけとはいえ、ウソのない関係だったよな」

ナオは迷いなく答える。

「そうですね」

「実際会ってみて、すごくホッとした。みんな思っていた通りだったから」

ナオはこう返した。

「もちろん計画の本来の目的は、みんなに会うことじゃない」

その言葉に、俊介、ドウ、トーゴの三人は東京タワーから視線を移し、お互いの顔を見つめ合う。

ナオが続けて口を開く。

「本来の目的は、周りの人間への復讐《ふくしゅう》、そして僕たちをバカにしている奴らを見返すことです」

俊介の脳裏に蘇《よみがえ》る、父親がいないからという理由だけでイジメられた日々。差別され、誰にも相手にされなくなり、苦しんだ毎日。

皆それぞれ、過去を思い出す。

「今、全国民が僕たちに注目しています」

四人は、自分たちを囲んでいる大勢の警官に身体を向けた。しかし俊介だけは、戸惑っていた。どのような感情を表に出したらよいのか、分からなくなってしまったのだ。本当は、怒りがこみ上げるはずなのに。こんな時に限ってなぜか、修一の言葉を思い出していた。

「僕たちをバカにした連中だってきっと見てます」

俊介ただ一人が俯《うつむ》いてしまった。三人はそれぞれ、自分が憎んでいる奴らの顔を、目の前の大勢の警官に重ねているようだった。

俊介は、怒りの頂点に達したナオの叫びで現実に引き戻された。

「お前ら聞いてるか！」

大空に、ナオの声が響く。その途端、大勢の警官が一斉に身構える。人込みがざわついている中、ナオが代表して自分たちの主張を声に表した。

「俺たちは、怒りを抱いている！　親や教師、学校の奴ら！　そして俺たちを白い目で見る大人たち！」

あたりは、しんと静まり返った。

俊介は、顔を上げられなかった。ナオの言葉を、ただ聞いていることしかできない。

確かにナオの言うとおり、周りの人間を見返すため、見下されないためにバスジャックをした。その気持ちは今も変わらないし、後悔だってしていない。だが、何かがひっかかる。どうしても修一の言葉がちらつき、邪魔をしてくる。

「俺たちをどうしてゴミ扱いする！」

ゴミという言葉が俊介の胸に強く突き刺さった。母も、辛《つら》い日々を送っていた。夫がいないだけで哀れまれ、差別され、見下されていた。そんな母は毎日のように自分にこう言っていた。

『イジメられても負けたら駄目。二人で頑張ってやっていこう』

自分はそんな優しい母を、裏切ったのか……。いや、あの頃は何もかもがどうでも良かったのだ。

「なぜ俺たちがバスジャックを起こしたか分かるか！　お前らに俺たちの力、そして恐ろしさを知らしめるためだ！」

沈黙する警官たちの背後で、騒然となるマスコミ。テロリスト、という単語を使うアナウンサーの声も聞こえてきた。

「これで分かったろ！　俺たちの恐ろしさが！」

遠くから一斉にたかれたフラッシュで、俊介は我に返った。自分の伝えたいことを叫んだナオは満足そうに仲間の方に身体を向ける。俊介たち三人も警官に背を見せ位置を戻した。

ナオは呟《つぶや》く。

「そして僕たちの名は歴史に刻まれる……」

トーゴとドゥは深く頷《うなず》いた。三人とも、晴れやかな表情だった。だが一人、俊介だけは浮かない顔だった。

俊介はこの時思ったことがあった。それを、ナオたちに問うていた。

「みんな……この先どうする」

「この先って、今のこと？」

俊介はトーゴに首を振る。

「いやそうじゃなくて……」

ナオは、迷うことなど何もないというようにこう答えた。

「当たり前じゃないですか。これからもみんな仲間ですよ」

そういうことじゃない。だがそれは口にはしなかった。

「シュン？　どうしたの急に？　明日からのことを考えるなんてシュンらしくないよ」

トーゴにそう言われても俊介は反応することができなかった。

「不安なら、みんなで一台のバスに乗って逃げ続けましょうか」

ナオの口調からすると、冗談でもなさそうだ。

「その前に、掲示板を見てみようよ！　サブもタカもきっとテレビ観てくれてるよ」

携帯を取りだしたトーゴは、ドウにも画面を見せながら慣れた手つきでボタンを押していく。俊介を除き、ナオたちは画面に釘付《くぎづ》けになる。この一瞬だけは、四人とも警戒心を解いていた。

少々の間が空いた、その時であった。

三人は言葉を失った。そしてトーゴがこう呟いた。

「どういうことだよ……これ」

急に深刻な空気になり、どうしたのだろうと俊介も画面に注目した。

メンバー専用の掲示板の最後に、信じられない文が書き込まれていた。

『みんな、長い間ご苦労様。僕は近くから見ているよ。タカ』

四人はお互いの顔を見たまま硬直してしまった。どういうことなのか。

「近くに……」

辛うじて出た言葉だった。四人は慌てて周囲を見回す。しかし、それらしき人物はいない。

「どこだよ……」

と洩《も》らすトーゴ。

「おい！　タカ！」

と叫ぶドウ。

俊介は、落ち着けと自分に言い聞かせる。

タカも苦しんでいる仲間の一人。教師にイジメられ、そいつを殺そうかとも考えていた。

そこで思いついたのがこの計画。もう二度と教師にナメられないように……。

そう、計画を発案したのはタカである。

なのにずっと掲示板にすら現れなかった。

パスワードを入れなければ掲示板に入れないとはいえ、最後に書き込みをしたのは本当にタカなのか？

修一の言葉が脳裏に浮かんだ。俊介はそれを口に出してしまう。

「ハメられた……」

この一言が、七人の信頼関係を破滅させた。

呆然《ぼうぜん》となってしまったナオの手から包丁が落ちた。

「どういうことですか」

ナオは声を震わせながらそう言う。

「騙《だま》されたということですか、僕たちは」

言葉は丁寧だが、目は殺気立っている。その目にドウとトーゴは思わず後ずさる。俊介は、先ほど脳裏にかすめた嫌な予感を思い出す。

ナオは、嘘をついている。アクシデントで人質を傷つけたのではない。故意に刺した——そう確信させる目であった。

「……で、でも」

ナオから離れたトーゴが口を開く。

「タカが裏切る訳ない。これは何かの間違いだよ」

ドウが続く。

「そ、そうだよ。裏切りなんてあり得ないよ。だって僕たちは」

そこでナオが割り込みドウの言葉を遮断する。

「じゃあどうしてこんなことを書くんですか！　僕たちを弄《もてあそ》んでいた証拠じゃないか！」

怒鳴られたドウは、

「そんなこと言われたって、僕には分からないよ……」

と不満そうに呟く。

「冷静になろうよナオ。決めつけるのは未《ま》だ早いよ。落ち着いて考えればきっと」

トーゴが宥《なだ》めても、ナオの興奮は収まらなかった。

「もういいよ馬鹿馬鹿しい！」

と突然大声を張り上げたのだ。

「僕たちは騙されたんだ！　でも、もうどうでもいい！　どうせ何もかも手遅れだ！　なら、僕の本当の恐怖を教えてやるよ！　捕まる前に、何もかもブッ壊してやる！」

タカの言葉に呆然としていた俊介はハッと我に返った。ナオがリュックの中から真っ黒に塗られた円筒形の容器を取りだしたのだ。それを見たドウは怪訝《けげん》な表情を浮かべナオに尋ねる。

「……それは？」

ナオは不敵な笑みを浮かべた。

「ネットを見て作った爆弾さ。どうだい？　迫力あるだろう？」

それを聞いたドウとトーゴは更にナオから離れる。

「冗談だろ？」

と言うトーゴにナオは返さず、女の子を抱いたまままいきなり吠《ほ》えだした。

「タカ！　どこにいる！　出てこなければこいつを爆発させるぞ！」

その言葉に周囲はどよめく。ナオの声は大空に響き、やがて消え去る。

「そうかい。だったら爆発させてやる！　ぜんぶ吹っ飛ばしてやる！」

爆弾に怖《お》じ気づいたのかトーゴは動けず、ナオを呆然と見やっている。ドウはナオに向かっていく。

俊介も反射的に、

「ナオ！」

と叫び、爆弾に飛びついた。

黙って四人の様子を見ていた修一は異変を感じ、運転席から立ち上がる。

一人が携帯をいじったあたりから雲行きが怪しくなった。言い争いが始まり、もみ合いへ。

必死になって止める中尾。

放せともがく仲間。

突然キレだした一人が右手に持っている物はなんだ？　あれほど冷静だった、いや装っていただけかもしれないが、あの中尾が大声を張り上げながら飛びついた相手が持っているのは……黒い金属筒か？

その必死さ、慌てように言いようのない不安を感じる。

だがもう遅かった。暴れる仲間の手から、その『黒い筒』が離れ、こちらにゴロゴロと転がってくる。

中尾とその仲間、そして周囲にいる全員の視線がバスに向けられる。

段々と勢いが落ちる『それ』は、バスの下に隠れ……止まったか。

その時だ。中尾が駆け足でバスにやってきた。手を大きく振る中尾の叫び声をはっきりと耳にする。

「逃げろ！　早く逃げろ！」

修一は確信した。転がってきたモノは——。

修一はバスの扉を開き、乗客に振り返る。

「逃げろ！　爆発するぞ！」

その瞬間、修一たちは足下から凄《すさ》まじい衝撃を感じた。

轟音《ごうおん》、乗客たちの悲鳴。

すぐに、それも聞こえなくなった。鼓膜がおかしくなったのか。

現実感覚を失った目に、炎とともにゆっくりとバスの後ろ側が浮き上がっていくのが分かる。中尾の警告も無駄だったわけだ。

これで死ぬのか、俺も。

何の取り柄もない人生だったが、終わりだけは派手なわけだ。

だが、そのまま吹き飛ぶと思ったバスが、今度は沈み込んでゆく。さらにスピードはゆっくりと、もうスローモーションだ。悲鳴を上げている乗客たちの叫びも、声が聞こえなければ滑稽《こっけい》でしかない。俺は今、どんな顔をしているのか……。

続けざまの衝撃、周囲に立ちこめる黒煙。

タイヤが破裂したのか、バスは大きく傾いてようやく停止した。

一瞬の後、修一の耳に、微《かす》かながら音が戻ってきた。

とりあえずは助かったと、修一は席に腰を落とした。バスごと吹き飛ばされることは免れたようだ。

「全くよ……」

修一は外に視線を移す。

中尾が、こちらを呆然と見つめていた。

修一のバスの前に立ち尽くす俊介は、今にも膝《ひざ》が折れそうであった。ナオの作った爆弾は思ったよりも威力はなく、大事には至らなかった。しかし未だ安心はできなかった。ナオの暴走は未だ終わったわけではなかったからだ。

「貸せ！」

その言葉に反応した俊介は振り返る。ナオがトーゴのボウガンを奪い取り、警察の方に向けたのだ。

「全員ぶっ殺してやる！」

と、構えたその時である。ナオの左腕から、女の子がスルリと落ちた。

人質が離れた瞬間を、警察は見逃さなかった。ナオがボウガンの引き金を引く前に、

「確保！」

と夜空に合図が上がった。

何百人もの警官が動き出し、瞬く間に俊介たちは取り押さえられた。

「放せ！　放せよ！」

俊介はもがくことすらできなかった。

頭に浮かぶ『終演』の文字。

何もかもが滅茶苦茶になったのは、不可解な書き込みをしたタカのせいだ。

どういうことなんだ、タカ？

信じていたのに、裏切ったのか？

俺たちは、本当に騙《だま》されたのか？

いくら考えても、タカからの答えは返ってこなかった。

「みんな！　みんなどこ！」

ドウの声がする。だが、俊介はバスの運転席に座る修一を見た。

修一は、立ってこちらを見据えていた。

「俺たちは……一体何だったんだ」

小さくそう問いかける。だが、修一には伝わるはずもなかった。

ナオたちは別々のパトカーに連れられていく。諦《あきら》めたのか、誰の叫び声も聞こえなくなった。

俊介の両手にも手錠がはめられた。

記憶から、彼らと過ごした日々の想い出が、泡のように消えようとしていた。

結局、俺たちは偽りの関係だったのか。

最終的に俊介の中で残ったのは、その問いだけであった。


様々な声が飛び交い、現場は大混乱に陥っていた。警察が動き出し、アッという間に拘束された中尾たち四人は、別々のパトカーに乗せられた。

一瞬の出来事に呆然《ぼうぜん》としてしまっていた修一は、視界から中尾の姿が消えたことに気づき我に返った。

全身から一気に力が抜け、修一は運転席に座る。そして、溜《た》めていた息を全て吐き出した。

あっけなさを感じた。

中尾がバスを下りてからずっと、修一は彼を目で追っていた。

会話の内容はほとんど聞こえなかったが、捕まる前、彼らの間に何が起こったのか。見当はつかないものの、様子がおかしくなったのは確かだ。仲間割れを起こしたのがその証拠である。

絶望に満ちた中尾の顔が忘れられない。

中尾は最後に、自分に何と言っていたのだろう。訴えるような目で口を動かしていたが、言葉は聞こえてはこなかった。

中尾が残したメッセージ。だが、知ることはできないだろう。中尾とは、二度と会うことはないはずだから……。

中尾たちを乗せたパトカーが一台、二台と動き出す。中尾の姿は確認できないが、修一はパトカーを見守っていた。

『そこのお前、動くな!』

ふと、その台詞《せりふ》が耳に響いた。中尾が発したこの一言から、全てが始まった。最初は犯人と人質の関係だったが、いつしかその線は取り払われ、気づけば語り合うようになっていた。そして最後は、まるで友人と別れたような気持ちになった。心の底から、嫌いだと思っていたのに……。

「バカな奴」

修一は寂しそうにそう呟《つぶや》いた。

中尾とのやり取りを思い出している間に、中尾を乗せたパトカーは闇の中に消え去っていった。

定岡たちが捕まり、事態は終息に向かっていく。

バスの中から、一人二人と人質が下ろされる。怪我人か、救急車に乗せられる者もいた。

その様子をバスの中から見ていた亜弥は、大きなショックを受けていた。

定岡が捕まり、乱暴に連れられていく時、あまりに辛《つら》すぎて見ていられなかった亜弥は、その場に崩れ落ちた。そして、泣きわめいた。何もしてやれなかった自分にも腹が立った。

涙が涸《か》れた頃にはもう、定岡が乗ったパトカーはいなくなっていた。それでも亜弥は、パトカーが向かっていった方向をずっと見つめていた。

突然、扉が開く音が聞こえてきた。亜弥は過敏に反応し振り向く。亜弥のバスにも警官がやってきたのだ。

「大丈夫ですか？」

そう言いながら数人の警官が近づいてくる。亜弥は、定岡から貰《もら》ったノートパソコンを強く抱きしめ、後ずさった。

私は被害者でも何でもない。

もう少しだけ、このバスにいさせてほしい。

「安心してください。大丈夫ですから」

亜弥は、

「来ないで！」

と命令し更に後ろに下がっていく。が、とうとう一番後ろの席に足がついてしまった。

行き場を失った亜弥は、警察に両腕を取られ引きずられていく。

「いや！　放して！　放してよ！」

泣きながら抵抗するが男の力には勝てず、亜弥はバスから下ろされ、警察車両の後部座席に乗せられた。

間もなく、車が動き出す。段々と、東京タワーの光が遠ざかっていく。

『僕と一緒に東京タワーへ行きましょう』

定岡の言葉が耳に響いてきた。

落ち着きを取り戻した亜弥は、定岡と一緒にいた時間を思い出す。

本当は悪い子じゃない。純粋な心を持った普通の中学生なのに……。

ただ、現実から足を踏み外し、自分たちの世界に入り込んでいただけなのだ。

私が、目を覚まさせてあげられれば……。

車は、東京タワーを背にし、国道1号線を一直線に走っていく。街の明かりが次々と目に入り込んでくる。

『さよなら……アヤさん』

定岡の最後の声を繰り返していた亜弥は、ノートパソコンの存在に気づいた。別れた後に開けてくれ、と定岡は言っていた。何だろうと、亜弥は蓋《ふた》を開けた。するとノートパソコンは再起動し、画面が白い光を放つ。

そこに、定岡が書いた文が残されていた。

『アヤさんとはもう二度と会えないでしょう。でも僕はずっと、アヤさんを好きでいます。一緒にいてくれてありがとう。さようなら』

それを読んだ瞬間熱いものがこみ上げ、亜弥の目から涙がこぼれた。

「……ごめん」

なぜこんなにも優しい子が捕まらなければならないのか。改めて思う。どうして止めてやれなかったのだろうかと。

胸に残る後悔の二文字。

亜弥は口に手をあて、静かに泣いた。そして、定岡の文を繰り返し読む。

これだけは誓う。

彼の気持ちは一生忘れない。

このノートパソコンを大事にしながら、生きていく。

亜弥は、涙を拭《ぬぐ》いノートパソコンに手を伸ばした。

そして、定岡の笑顔を思い浮かべながら、ゆっくりと蓋を閉じた。

42. 東京タワー 04

午後、七時三十五分。

大混乱を巻き起こした少年たちによる同時バスジャック事件は、こうして幕を下ろした。

「……終わった」

修一はそう洩《も》らし、座席にもたれかかり目を閉じた。

すると、横から子供の声が聞こえてきた。

「ご苦労様」

幼い声には似合わないその言葉を耳にした修一は目を開けた。

目の前には、人質であった男の子が立っていた。

何だ？　と疑問を抱いたが、あまりに不可解な行動に口を開けられなかった。

「疲れたでしょ？」

訳が分からず、修一は戸惑う。

こんな時にこの子は何を言っているのだ？

先ほどとは表情がまるで違う。

「あの四人、捕まっちゃったね」

男の子はニヤリと笑みを浮かべた。

「僕が誰だか分かる？」

修一は本気で、何かに取り憑《つ》かれているのではないかと思った。しかし、そうではなかった。

「初めまして。僕がタカだよ」

「……タカ」

中尾が何度も口にしていた名前だ。そう、彼らの仲間の一人のはず。

「何だと？」

「全く……お金持ちは暇人が多くて困りますよ」

数秒の空白。修一はこう返すしかなかった。

「な、なに？」

状況を把握できない修一に男の子はバカにするように首を振った。

「アナタは頭が悪そうだから、簡単に説明しますよ。要するに、僕が今回の計画を考え、六人のネットマニアを騙《だま》していたってわけです」

到底信じられる話ではなかった。

「……お前、ふざけてんのか？」

「ふざけているように見えます?」

確かに、冗談でこんなことは言えない。

「じゃあ……何のために中尾たちをハメたんだ」

すると男の子は簡単にこう答えた。

「賭《か》けですよ」

「賭け?」

「そう。周りに友達がいない、世間から見放されているネットマニアが、バスジャックして東京タワーにたどり着けるかどうか。その人数を当てるゲームです」

嘘に決まってる。そんな馬鹿げた話があるか。

男の子は話を続ける。

「ゲームの参加者は全国で百人以上います。皆、金を持て余した人間ばかりです。打ち明けますけど、バスの後ろにいる女子五人を除いた全乗客が、賭けに参加した人たちなんです。まあ、彼らは危険を覚悟でスリルを味わうべく乗車した『変わり者』ですがね。もちろん名前は明かせませんがね」

修一は振り返った。

スーツの男と振《ふ》り袖《そで》の女性のカップル。黒いロングコートを着たオールバックの中年男性。そしてPコートを羽織った女性。四人とも薄ら笑いを浮かべこちらを見ているが、爆弾が投げられるとまではさすがに予測していなかったのだろう、表情を作るのにかなり無理をしているようだった。

「僕も金持ちの一人です。親が大金持ちだと毎日がつまらなくてつまらなくて。だからこの計画を思いついたんです。僕が主催者となってね」

作り話にしては出来過ぎているが、こいつが言っていることは本当なのか。こんなガキに、そんな大それたことができるのか？

「結果は四人。意外でしたよ。二人も来ればいいと思っていたんですがね。結束が固いのかバカなのか、よく分かりませんけど。まあそのおかげでゲームは盛り上がったんですがね。あの爆発で、一時はどうなることかと思いましたが」

現実離れしすぎていて、何が真実で何が嘘なのか分からない。修一は言葉を発することができない。

「でも何より、嘘の人物になりきるのは大変でしたよ。大げさすぎても怪しい。そこでいいことを考えついたんです。他の掲示板から、面白いエピソードをパクればいいと。それでたまたま見つけたのが、教師を殺そうと考えている、というエピソード。僕はそれを使うことにしたんです。せっかくなので、名前も同じタカでいこうと」

男の子は修一に喋《しゃべ》る間を与えなかった。

「今日という日が楽しみでした。数十億の金が動いているし、何より彼らが本当に行動に移すのか興味があった」

男の子の目が、段々と輝きを増していく。

「結果は、やって正解でした。よりスリルを求める一部の参加者たちと、シュンのバスに乗ったのもね」

「ちょっと待て」

だがそれを口にする前に、男の子には答えられてしまった。

「どうしてシュンの詳しい居場所が分かったって？　そんなの簡単です。パソコンでシュンのデータを抜き出したんですよ。そこには住所やその他の様々な情報が詰まっている。シュンだけじゃない。もちろん他の五人全員のことも調べました。そして長い期間、彼らには監視をつけ、人間性を観察させる。なぜなら、最も計画に参加しそうで、尚かつ危険な行動に出ない人物を割り出すためです。それで当てはまったのがシュンだった」

あまりに緻密《ちみつ》すぎる計画に、恐怖すらおぼえた。

「予想通り、シュンはバスに乗りバスジャックを開始した。でも、予想外だったのはアナタの存在です。まさか傷害事件の犯人が乗ってくるなんてね……まあ、さすがにあの爆弾には死ぬかと思いましたけど、結果僕たち的にはかなり盛り上がったんで良かったんですがね」

男の子はそこで一旦《いったん》話を止めた。修一は生唾《なまつば》を呑《の》み込む。

「本当に……お前たちが」

「ええ」

未《ま》だ信じられない。中尾たちが、こんな子供に動かされていたなんて。

「ちなみに、最後の書き込みを入れたのも僕ですよ」

「最後の書き込み？」

「そうです。四人が驚いていたでしょ」

あの時か。修一は身を乗り出し問い詰めた。

「何て入れた」

「近くで見てるよって書きました」

修一は肩をガクリと落とした。

謎が解けた瞬間だった。

そうか。彼らは最後の瞬間に、裏切りに気づいたのだ。

修一は心の中で中尾に問う。

教えてくれ。お前の最後の言葉を。

「全てが分かってスッキリしたでしょ。アナタには特別に教えたんですよ」

そう言って、男の子は席に戻っていく。

まさか裏でそんな大がかりな計画が動いているとは……。

「ちょっと待て！」

未だ話がある。聞きたいことがある。そう思ったが、時間切れだった。気づけばバスの周りは、警官に取り囲まれていた。

警戒しているのは、自分を共犯者だと思っているからだろう。

『無駄な抵抗は止めて人質を解放しなさい』

誤解だ、というように修一は首を何度も横に振った。そして、両手を上げた。その瞬間、バスのドアが強引に開けられ、大勢の警官が車内に突入してきた。すぐに修一は取り押さえられ、乱暴に引きずられていく。

「おい！　俺は犯人じゃねえよ！　放せって！　誤解だよ！」

必死に抵抗するが、多数の力には勝てず、パトカーに連れられていく。無数のフラッシュを浴びながら。

『たった今、バスジャック犯最後の一人が確保されました！』

「俺はちげえって！　おい！」

大声で訴えていると、隣にいる警官にこう言われた。

「話は署でゆっくりと聞く」

「だから！」

両手に手錠がかけられた。

その事実に動揺してしまった修一は固まってしまった。

ハッとした時にはもう、パトカーのドアは開けられていた。後部座席に座らされた修一は、凍ってしまっているかのように手錠に顔を向けたまま動けない。

「よし、出せ」

刑事の合図でパトカーは発進する。

修一の頭には、あの子供の顔がまつわりついていた。

あの言葉が真実なのか嘘なのか。結局は謎のままであった。

エピローグ

二月三日。金曜日。

一月一日に起きた、少年たちによる同時バスジャック事件から約一ヶ月。前代未聞の出来事として、あれほど注目されていたにもかかわらず、世間は既に、違う話題を追いかけている。

ほんの数週間前まで、テレビ局や新聞社は連日連夜、中尾たちにスポットを当てていた。彼らの話題で持ちきりだった。

『日本中を揺るがした史上最悪の事件』

『ネットを使った犯罪だったことが判明』

『仲間を裏切れなかった』

『動機は、自分たちの恐怖を知らしめるため』

『バカにされたくなかった』

『少年犯罪、更に悪化』

『少年の一人は覚醒剤《かくせいざい》使用者』

『殺人を犯した少年、バスから遺体を放り投げる』

等々、中尾たちの気持ちを知らない大人は一方的に書き続けた。まるで、楽しんでいるようだった。

中尾たちはメディアの玩具《おもちゃ》だった。結局、話題性がなくなった時点で捨てられたのだから。

だが、彼らを忘れられない者も多く存在する。修一もその一人である。

中尾は今頃、どこでどうしているだろう。

修一は、地元の歩道橋を歩きながら中尾のことを思い浮かべていた。

自分が自由の身となっているので、余計気になっていた。この一ヶ月、彼を考えなかった日はない。

共犯者として警察署に連れていかれた修一の疑いはすぐに晴れた。運転手やその他の人質が証言したのだ。しかし、故意ではないとはいえ、コンビニの店員は怪我を負ったのだ。罪を償うことになるだろうと、修一は覚悟していた。が、コンビニ店主、そして被害者が告訴を取り下げたため、修一は案外簡単に釈放された。

きっとあの時、中尾のバスに乗っていなかったら、運が良かった程度にしか思わなかったろう。中尾との出会いが、自分の何かを変えたのだ。これでいいのかと、真剣に考えている自分がいた。答えは、出ていないのだが……。

事件から解放されたとはいえ、修一はしばらくメディアに追われ続けていた。様々な質問をされたが、一切口を開かなかった。テレビに出ていた他の被害者も、答える者は少なかった。

携帯電話に登録されている多くの友人たちからも毎日のように電話がかかってきた。しかしそれは心配ではなく、面白半分で連絡してきているのは容易に分かった。もちろん、修一は出なかった。全メモリーを消そうかとも考えた。彼らは、本当の意味での『友達』ではない。お互い、信頼しあっていないのだから。

歩道橋から下りた修一は、冷えた両手を吐息で暖める。

「マジ寒いっつうの」

釈放されてからずっとバイトを募集している場所はないかと探しているのだが、なかなか見つからない。いい加減身体も凍えてきた。

中尾たちと出会い、考え方が変わりはしたが、実際のところ生活自体には全く変化はなかった。これといってやりたい仕事もない。しかし働かなければ金に困る。だからこうしてバイトを探しているのだが……。

修一は、大通り沿いにある小さな喫茶店に目を留めた。窓に、バイト急募と書いてあるチラシが貼られている。気になるのは時給である。

店の前に立った修一は顔を顰《しか》めた。

「やっすいな。七百八十円かよ」

長い時間迷ったが、

「まあ、いっか」

と、とりあえず入ってみることにした。重い扉を押し、店内に足を踏み入れる。暖房の風が修一をホッとさせた。

茶色を基調とした店内には、テーブル席が三つだけしかない。本当に小さな店だ。客もいないし、繁盛しているとは思えなかった。なのにバイトを募集するのだろうか？

「いらっしゃいませ」

カウンターの奥から四十代くらいのひ弱そうな男性がやってきた。店主だろうか。きっとそうだろう。客がいないせいか、声にもあまり元気がない。

「外のチラシみたんすけど」

そう言っても、店主は何の言葉も返してこない。ずっとこちらをジロジロと眺めている。

「何か？」

不思議に思った修一は店主に尋ねた。すると、店主は慌ててこう言ったのだ。

「あ、いや……もう間に合ってるんだ。申し訳ない」

修一は直感した。

この男、俺のことを知っている。バスを運転させられた被害者、と同時にコンビニの事件のことも伝えられたのだ。断られても仕方ない。

「そうっすか。どうも」

軽く頭を下げた修一は店を後にし、すぐさま愚痴をこぼす。

「ったく何だよ。話くらい聞けっつうの」

落ちている空き缶を思い切り蹴《け》る。転がる音がやけに虚《むな》しかった。

「どうするよ……おい」

しばらくは無職のままか。だが、それは嫌だった。今までフラフラと生活していたことは認める。でもこれからはそんな生き方はしない。

「つっても、実際これじゃあな……」

プー太郎といえども、将来のことを考えていれば、それはそれで無駄にはならないか。

「お前は、これからどうする」

修一は中尾に問いかけていた。今回の事件、中尾の中でどのような結論が出たのだろうか。

その時、脳裏にあの男の子の姿が過《よぎ》った。裏で全てを操っていたというあの子供。事件から一ヶ月以上が経っているが、奴が言っていた話は出てきていない。修一も、心底信じているわけではないし、呆《あき》れられバカにされるのは目に見えているので誰にも話してはいなかった。

実際そんな大がかりなことができるのか。

参加者は百人以上。数十億の金が、六人の少年に賭《か》けられていた。

中尾たちがこの計画を知ったらどう思うだろう。

「バカらしい。本当ならとっくに捕まってるだろ」

自分にそう言い聞かすが、やはり頭にこびりついて離れない。

「信じられるわけねえだろ」

修一は鼻で笑い、歩みを再開した。

その後、修一は頭を空っぽにしバイト探しに夢中になっていた。しかし結局、募集している場所は見つからず、この日は自宅に帰ることに決めたのだ。

その時だ。

電気屋のガラス棚に置かれている数台のテレビが一斉に切り替わった。

デスクに座る一人のキャスターが深刻な口調で告げる。

『臨時ニュースです。先ほど、神奈川県横浜市の中学校で、数学教師をしている間宮孝史《まみやたかし》さんが十五歳の男子生徒に包丁で刺され救急車で運ばれました』

また少年犯罪か。

物騒な世の中だなと修一は思う。

『少年は駆けつけた警察官に逮捕されましたが、少年は大声で、俺はタカだ、と名乗り、いつか殺してやろうと思ったと供述しているとのことです。後の調べで、少年はタカという名前で間宮さんを殺すとインターネット上で宣言していたことが分かりました。繰り返します……』

修一の両手に、力が入る。

「まさか……コイツが」

似ているどころじゃない。そのままだ。

あの子供は、コイツになりすまし、中尾たちの掲示板に書き込んでいた。ということはやはり。

「……マジかよ」

少なくとも、あの子供は事件に絡んでいた。

あの子供、そして乗客は、俺と中尾をずっと監視していた。

賭けの話も、本当なのか？

急に恐怖がこみ上げた。

全国民までも、踊らされていたのか。

修一は想像する。このニュースを観る子供の姿を。

きっと中尾たち、そして俺のことを思い浮かべ、ケラケラと笑っているに違いない。

もしかしたらまた、別の『賭け』が行われる可能性がある。

いや、もう始まっているかもしれない。その『賭け』の対象に、自分がなっているかもしれないのだ。

［スピン］回転停止

本書は二〇〇六年六月、角川書店より刊行された単行本
『スピン』を文庫化したものです。

スピン

山田《やまだ》悠介《ゆうすけ》

角川文庫 16297

平成二十二年六月二十五日 初版発行

発行者—井上伸一郎
発行所—株式会社角川書店
東京都千代田区富士見二—十三—三
電話・編集 (〇三)三二三八—八五五五
〒一〇二—八〇七八
発売元—株式会社角川グループパブリッシング
東京都千代田区富士見二—十三—三
電話・営業 (〇三)三二三八—八五二一
〒一〇二—八一七七
http://www.kadokawa.co.jp
印刷所—旭印刷 製本所—BBC
装幀者—杉浦康平

や 42-8

ISBN978-4-04-379209-2 C0193

角川文庫発刊に際して

角川源義

第二次世界大戦の敗北は、軍事力の敗北であった以上に、私たちの若い文化力の敗退であった。私たちの文化が戦争に対して如何に無力であり、単なるあだ花に過ぎなかったかを、私たちは身を以て体験し痛感した。西洋近代文化の摂取にとって、明治以後八十年の歳月は決して短かすぎたとは言えない。にもかかわらず、近代文化の伝統を確立し、自由な批判と柔軟な良識に富む文化層として自らを形成することに私たちは失敗して来た。そしてこれは、各層への文化の普及滲透を任務とする出版人の責任でもあった。

一九四五年以来、私たちは再び振出しに戻り、第一歩から踏み出すことを余儀なくされた。これは大きな不幸ではあるが、反面、これまでの混沌・未熟・歪曲の中にあった我が国の文化に秩序と確たる基礎を齎らすためには絶好の機会でもある。角川書店は、このような祖国の文化的危機にあたり、微力をも顧みず再建の礎石たるべき抱負と決意とをもって出発したが、ここに創立以来の念願を果すべく角川文庫を発刊する。これまで刊行されたあらゆる全集叢書文庫類の長所と短所とを検討し、古今東西の不朽の典籍を、良心的編集のもとに、廉価に、そして書架にふさわしい美本として、多くのひとびとに提供しようとする。しかし私たちは徒らに百科全書的な知識のジレッタントを作ることを目的とせず、あくまで祖国の文化に秩序と再建への道を示し、この文庫を角川書店の栄ある事業として、今後永久に継続発展せしめ、学芸と教養との殿堂として大成せんことを期したい。多くの読書子の愛情ある忠言と支持とによって、この希望と抱負とを完遂せしめられんことを願う。

一九四九年五月三日